台灣暇客極邊行

劉先昌　著

國家圖書館出版品預行編目資料

台灣暇客極邊行/劉先昌著. -- 臺北市：
活石文化事業有限公司, 2024.11
面：　公分
ISBN　978-626-97447-9-4 (平裝)
1.CST: 遊記　2.CST: 旅遊文學　3.CST: 中國

690　　113014563

台灣暇客極邊行

作　　者／劉先昌
出　　版／活石文化事業有限公司
公司地址／台北市光復南路 505 號 11 樓之 4
公司電話／(02)23452753
電郵信箱／office@livingstone.com.tw
公司網址／http://www.livingstone.com.tw

初版日期／2024 年 11 月初版
ＩＳＢＮ／978-626-97447-9-4

目錄

序

《孤獨而不寂寞的旅者》——讀劉先昌的極邊行

文友劉先昌兄贈我新著《台灣暇客極邊行》，這是一本暢遊大陸邊南地區的心情筆記，也是他於飽覽青山綠水、親炙邊境人物風情之後的真情剖白，轉軸撥弦兩三聲，聲聲入耳，可讀性高，啟發性強，甚值廣為推介。

先昌兄以《台灣暇客極邊行》為本書命名，是富有深意的。我以為，僅「暇客」二字，即明顯有效慕明末萬曆年間徐霞客的河洛展卷、暢遊神州之志。清名士錢牧齋曾讚嘆徐氏為探幽尋秘，有「窮閩山之勝，觀滇南之美，不止於行」之勇毅，並譽其為「中國最偉大的自助旅行者」。

二〇一五年，作家鄭培凱在導讀《徐霞客遊記》一書中亦說道：「遊記有其劃時代的意義，也有其歷史文化發展的原因。…自魏晉以來，表現於士大夫文人的放情山水，在欣賞自然美景之餘，記錄個人對自然的獨特觀察與體會，追求審美境界的天人合一。」故稱道該遊記為一本在文學史、地理知識史、文化意識史上的奇書。

無獨有偶．先昌兄筆下的極邊行，主要是以雲南省騰衝市為軸心，遍遊四方各地採集的古蹟樣貌、烈士英塚、田園景致、風土民情，並以虔敬、謙遜及樸直的筆調，化每日所見所思為文學性與思想性篇章，既富人文情懷與互融意境，更具灝氣襲人與和風鼓物之勢，誠屬難能可貴。

基本上，個人生命與宇宙大地是對稱的。生命與宇宙的對稱性，是解讀東西方思想架構與內涵的本契。西方採科學的宇宙觀，強調以頭腦的思考為基點；東方則屬體悟式的宇宙觀，以生命的品質為標的。而體悟式的宇宙觀，重在透過「全息思維」的感悟與驗證，以達到形象與意象合一之境地。

深感欣慰的是，先昌兄的這本遊記即屬於趨近「全息思維」的上乘之作。振筆揮灑，獨樹一格。在他筆下所綴拾的，不但有心懷滄桑的民國史，有他鄉即故鄉的神馳心遊，也有「雨裡孤村雪裡山，看時容易畫時難」的心靈悸動，以及藉「此在」（Dasein）概念來發揮想像的精彩內蘊。

為描述心懷滄桑的民國史，作者寫下了〈華南之行祭英烈〉、〈青山有幸埋忠骨〉、〈那些樹上的彈痕〉⋯等多篇感人肺腑、生動寫實之佳作。為追懷他鄉即故鄉之情，乃有〈山清水秀傣家寨〉、〈龍窩田秘境〉、〈紅河州開遠市遊〉之筆記。至於〈夜雨煨茶〉、〈山村麵館〉、〈騰衝土鍋子〉等各篇，雖屬精緻小品，婉約細膩，情韻感人，似可視為「此在」中的一種指引或導向。

先昌兄講情義，重然諾，心繫千里、七進騰衝，人文記趣、筆墨生輝。「雖不能至，心嚮往之。」相信，這些對從未到訪過的人來說，應屬最佳自助旅行的嚮導吧！

王漢國

序　台灣暇客極邊行書銘

二〇二三年天運卯年潤二月黑兔年，劉老師單匹獨馬來到山區村寨、北海鄉庄園、界頭鎮興隆食館，寫下中國大西南邊陲古鎮印記。

劉老師祖籍上海市，角音彭城邑人氏。事因一九四九年國共內戰後，蔣委員長帶著劉老師的父母及兄姐去到美麗的台灣。他出生及成長在眷村，但上海家鄉的祖宗有德，照應賢孫讀書，他上進聰明通達文學，成為國家有用人才。初為國軍軍官為國盡忠盡孝，後成為老師為社會教育人才，實是國家棟樑之材。

劉老師帶來「台灣暇客極邊行」書稿要我代為寫序，這著實令我為難，因為我只是一個粗人，沒有讀過書冊。因為時代因素我只上過一年半的小學，只有小學二年級的學歷不具文化常識，但劉老師錯看，我不能失人之敬，僅以自修習來的一些知識不成體的寫上書面，請讀者不要見笑。

劉老師放下教鞭遠到邊陲，他熱愛華夏炎黃子孫的土地，懷有刻骨銘心的眷戀之情，尋根追夢走遍二十六個小境，他把每個地方的酸甜苦辣與美味，和雅麗高緻四季如春的景象都彙集在這一本書裡。

書中有一篇寫的是北海鄉打莒村的「諭蘭庄園」，以庄園內的一棵老桑樹為主題，寫出了深意與情感，也道出了他與庄園主人的情誼，有如桃園結義之換膽之情，茲提詩一首如下：

單匹獨馬到騰衝　諭蘭庄園結義兄
義兄志諭桃園悌　結誼恩厚如青松

他走到什麼地方都有好友接待，這是劉老師的道德福份，也是他的學識淵博為人厚道，正直禮義為先的做人態度，因此在蒐集山區邊寨民風習俗，得到朋友的幫助，逐一完成各個篇章的寫作。

這本書中的內容完全取決於他的觀察，在界頭鎮高黎貢山腳下「磨刀溝」山房裡，他看到山裡人如何縫製「簑衣」，於是他與縫製人探討簑衣的製作方法及用途。以我從小之見，簑衣有個別名叫「冷熱皮」，老人傳下說它能給人「做被褥」，這裡俗諺有：「過了霜降，簑衣撦(扯)在床，天晴能乘涼、下雨能防潮；晚上避霜雪、濕地可墊睡」，這件物器物在農村的用處很大，是一種實用能保護身體的器物。

另外，文中劉老師又寫道，他受贈於村民自編一雙「草鞋」，這與我有很大的牽掛。在一九五六年時兄弟尚未分家，全家共有十五口人要吃飯，但是家裡很窮沒有錢買大米，幾乎無法生活，於是大哥帶我到山區砍竹麻扛回家，經斬斷用火燒熟，立樹樁砍一缺口，把竹麻頂在缺口及肚皮上，用刀緊貼扯下竹皮，撕成細條後扭成繩再編成草鞋，我每天能編三、四雙拿到集市上去賣，當年每雙能賣二毛人民幣，這樣我們就能買回大米養活家人，至今我仍感念草鞋對我的恩情，供我溫飽養育弟妹成人，因此農村的「簑衣、笠帽、草鞋」這三樣東西，是保護農民身體的三寶，我與大哥共編草鞋兩年，度過了那段困苦日子。

劉老師與我有千里外的緣分，他給我一次次厚重的知識，讓我受益很多。文中他走完二十六個景點，細節明朗字字珠璣，文筆精煉且對所到之處流連如痴，對山區朋友情誼歷久彌香，在年齡上我虛長十歲，但對他的文學功底與寬宏優雅的風度感到敬佩。在此誠心祝福台胞老弟劉老師，身體健康、文采飛揚、螽斯衍慶、後裔蕃昌！最後用粗言魯語作一結尾：

村夫古稀加九歲　耳聾昏花記憶差
師友面前表心意　愧疚含羞禮儀粗

雲南省騰衝市界頭鎮
新庄村黃中社山區　黃大國　書
公元二〇二四年春王新正月

庄園老樹

又來到朋友家的庄園，他告訴我，是用兩個女兒名字其中一字取的，所以全名叫「諭蘭庄園」，大女兒卻抗議，為什麼她的名字在後，而妹妹名字卻在前呢？其實這是音順的問題，比「蘭諭」要好叫也好聽些。他說：「妳的名字在後面壓軸啊！顯得更重要，其實原來名稱叫：「諭蘭水果種植農牧庄園」，在不久前才申請改名，單純也好記，與他們逐漸擴展的生意有關。

疫情前就來此住過，當時庭院花木扶疏，鮮花盛開，棚架上的獼猴桃結滿了果實；茶花、玫瑰花、繡球花及各種顏色的杜鵑花、美不勝收。庭園裡的一方池塘，游魚悠游自在，滇西中緬邊境的雨季到臨，大雨肆無忌殫的下著，滋潤了土地，也灌溉了植物，所以這裡的植被茂密，鮮花也嬌豔欲滴。庄園前方坡地，由鄉政府出資種了一大片芍藥，在花開的時候，吸引不少城市人來賞花，難怪滇省被稱為動植物的基因庫，其來有自。

但是我最看重的還是庭院一角的桑葚樹，那是一棵成長多年的老樹，樹幹虯勁，二月開始掛果長葉，四、五月結實纍纍，那滿樹的桑葚，紅的、紫的，半紅半紫的粒粒飽滿，像新疆馬奶子葡萄般大小，若是一天不摘它，果實掉落滿地，看來可惜又心疼，通常摘果的人會邊摘邊食，大紫桑葚味甜香溢，營養價值也高，紅的味酸且硬，還得等它變紫才佳，它既可以泡酒、做果醬、入糕點，也可以曬乾當乾果，但就是要花費人力勤快的摘，大約五月底果實就稀疏結盡了，完成了它一年的循環。

這一棵老桑葚樹，是隨著老屋、花圃一起買下的。連著四周還租有一些農地，用來栽培羊肚菌，置放遠從外地買回的樹苗，至於大棵的樹，從車上吊下來後，直接就種在土裡保存著，工人每日前往澆水、當然他們也去魚塘餵魚、撿拾雞、鴨蛋，給稻田裡施肥除草，也有一女工專門負責釀酒，這裡稱為小鍋酒，價錢雖廉但味道不錯。

三年後大疫遠去，恢復了交通，我再次來到滇西，在芒市汽車站先給這一位朋友打電話，他說大約一小時半就到騰衝了，你就在下車點等我，我來接你。到達後只見客運下車站，卻尋不到原本在一旁的旅遊客運站，問了旁人，才知已經遷到新站，由於高鐵開通昆明到保山線，客運減班，原本夜間臥巴也停駛，三年沒有過來，變化實在太大。

他將我載回了庄園，推著行李進去，看到了庄園所做的改建。首先是彌猴桃連樹帶架已拆除，花圃小徑也整修過。變化最大的卻是那一棟老屋，裡外全做了翻修，屋子地板翻新，新砌了一座壁爐、原本老舊的木造屋牆及窗戶全部更新，兩間臥房都加添了衛浴，我啞然失笑的看著新馬桶，蓋子居然是自動開闔及沖水，椅墊還有保暖裝置，你說在這偏遠的山村庄園，設備卻一點也不輸一線城市，之後我安頓好住宿，慢慢的觀察這座庄園的改變。

唯一沒有變的就是這一棵老桑樹，它依然挺立繁茂的在屋子一角，此時三月底，桑葚已掛枝上，但是還沒有成熟。地上鋪著仿草墊，以防止下雨泥地過於濕滑，桑葚落果時也好撿拾；桑樹左邊就是農村慣有的火塘，此時木柴燃著熊熊烈火，上面吊著一只大壺，每日灌的十瓶熱水就是在這裡供應，它的右邊是大間包廂及戶外衛生間，而庄園另一邊的竹篾屋餐廳依然保持原樣。

數年前我就是在舊屋旁、老樹邊，與主人八十多歲老父親「說白話」，向他請教昔日走馬幫的經歷。開飯前，老人坐在屋前的長條木椅上，拿出捲煙紙捲成「小喇叭」，捲好後他遞給我一支，但因我沒有吸煙婉拒了，老人自在的吞吐，看著兒子像苦力一般的努力經營這一座庄園，吃飯時頻頻向我敬酒，老人話不多，但走南闖北的野外生活，給他帶來淡定的人生態度，想必以往日子一定很辛苦，現在看到兒子穩定的經營庄園，感到很滿足，也常常從寨子裡的老家，獨自走路十多分鐘來庄園吃飯。

但是我再也見不到他，疫情期間老人病歿了，他常坐的長木椅也因老房的改造拆除。仍然不變的是這一棵老桑樹，它屹立在庭院一角，看著庄園興起、發展。農村人提著一袋袋「松花粉」論斤秤兩，主人開車到五、六十公里外的村寨收購「羊肚菌」。他也指揮工人，將吊車上巨大包土樹苗卸下，奇怪的是，他總能算好時間，在大小樹苗安置好一、二天內，大雨傾盆而至，讓樹苗生機勃勃，賣出好價錢。

老桑樹一定看到，主人由外地引進嘉寶果樹(又稱樹葡萄)，吸引了不少遊客進園摘取，論斤計價，而庄園的餐廳生意也很火紅，請了三位廚娘，就能搞定一桌桌有特色的菜，在竹編屋內用餐，採光、通風、氣氛都極佳，因此這些年來，庄園的生意興隆，擴大了經營領域，原來由走馬幫人的兒子，自此闖出了一番局面，而老樹都見到了。

儘管庄園變化很大，甚至連名字都改了，但老桑樹還是在它原有的位置，沒有被移動，也沒有像彌猴桃樹，連根被砍除，它的春華秋實、一季盛產的優良品種桑葚，奠定了屹立不動的地位，就連我這遠在天邊的客人，隔了多少年都能再見到，它一定會如同一句「葡萄成熟時，我一定回來」歌詞。來過庄園的眾多客人，都會在桑葚成熟時再次回來享用它。

山青水秀傣家寨

在騰衝市界頭鎮護林點旁的農寨，這一家人的兒媳婦是傣族人，幾天後正逢她的爺爺八十大壽，於是邀請我去傣族村寨作客。車子由山區下來半小時，在鎮上換車到騰衝縣城一個半小時，到車站換乘往另一個山區又走了二個半小時，當時正逢雨季，山路泥濘不堪，城鄉間的小巴顛簸晃動，好不容易到達目的地，下車再步行上山半小時，這才走到「團田鄉帕允村」她的娘家，真如歌曲裡形容的：「山一重啊！水一灣！」的重巒疊嶂，也感受到山區人出門的不易。我站在山頂，看到一灣流水，它的名字叫「龍江」，江的那一頭就是保山市龍陵縣。

她的家人熱情的接待我這來客，我好奇的看著簡陋通風的竹編屋，正廳裡一樣有中堂，供著「天地君親師」牌位，我請教她的父親，這不就是漢人廳堂格局嗎？完全顯不出傣族民俗風情。主人進裡屋拿來了一本「家譜」，我打開來看內容，才知張家十幾代祖是明朝軍人，打仗來到邊疆就定居下來戍邊，沒有再返回中原，其後人住的地方被劃為傣族區，以後就形成「漢轉傣」的現象，他們身份證件上也登記的是「傣族」，傣、漢語都通，婦女衣著頭飾也完全是傣式，如此讓我開了眼界。

第二天早上，宴席就開始了。在親族中一家較大屋舍裡，擺滿了村寨人支援的桌椅餐具，婦女們多在戶外備餐，客人們陸續到來，先到廳堂給壽星賀壽。一張張餐桌是邊疆家戶慣有的小方桌，桌上擺著一個鐵盆，裡頭是燒熱的茶水，一只大杓置於其中，喝茶的器具不是茶杯而是瓷碗，客人坐下用杓將茶叼入碗中端起飲用，這種用碗喝茶方式頗具古味。一桌客人到齊後，撤下盆子與茶碗，一道道菜送進來放上方桌，特別的是，沒有一道菜是用盤子盛裝，全部都是以大碗裝菜。

這裡男女有別、分座清楚。主桌及客人桌擺在正廳，偏屋裡坐著女人和小孩，男人的衣飾一如平常，但婦女個個穿著傣族盛裝，服飾亮麗有特色，就連廚房幹活的也是如此。烹煮食物的爐具多用帶煙囪的柴爐，另一旁大灶裡煮的是大塊肉食，以當地盛產的木柴作燃料，有火力旺、烹煮食材多的特性。宴客婦女分工有序，有主廚的、打下手的、擺放餐具、送菜收拾的、洗涮碗筷的，這些活計沒有看到男人操作，他們都悠閒的在聊天談笑，喝茶飲酒十分快活。

飯罷我參觀此地的房舍，都是以木造雙層房為主，通風防熱，空間寬敞。院子地上鋪以石板，止滑又能排水。走廊上有一木架洗臉檯，檯上放了一個搪瓷臉盆，架上可以掛毛巾、並掛了一面小圓鏡，這已是離我們生活五十年以上的器物，看起來實用可愛。院子週邊種植花木，因氣候良好，雨水充足，花開的非常鮮豔。我見一樹上果子像小孩拳頭大小，不知是何物？摘下葉子用鼻嗅嗅，卻是熟悉的味道。我問他們這是何種水果？他們回我說是「緬桃」！我再仔細觀葉，摘了一個果子試吃，裡頭是紅肉且種籽粒大，我確定它就是台灣常見的「紅心芭樂」。但是為什麼叫「緬桃」呢？原來這是由緬甸傳過來的果樹，沒有芭樂稱呼，果子與桃差不多大小，就被稱為緬桃了，此時確定「不經一事，不長一智」的古諺。

這裡離緬甸不遠，屬於熱帶季候，天氣炎熱，但山巒疊翠、空氣清新，村民皆為務農，隨著節氣適時耕作，雖不富裕但溫飽無虞。人均空間開闊，除了種植水稻外，養豬、種菜、栽果凡農村事務一律不少，不遠的團田鄉市街有聯外交通、商店貨品也一應俱全，每五天一集市，來自各地攤販充塞街道，各種傣式食品佔滿街頭，有一種叫「撒撇」的美食，我嚐試吃了一次感覺太過酸辣，腸胃不適應，一碗要價二十五元人民幣，來吃的人仍趨之若鶩，真是一方水土養一方人，南北西東庶民飲食各有特色。

三天內，我觀察了此地風土人情，感覺青山綠水、綠野田疇特別適合人居，但農民普遍因收入不高，不少村寨人出外打工，賺一些額外收入，這也是不得已的事。傣族村寨人民的純樸、好客與特殊風情，將會永遠留在我的記憶中。

瀕臨失傳的農村手工品

朋友邀我到他的山房吃早飯，今天的早飯是非常晚的，大約在早上十點左右。原因是他養的牛昨天趕進山上吃草，晚上沒有如期返回。他說平常在傍晚，會定時餵牠們一餐飼料，所以儘管白天在山裡吃足了野草，但臨到晚上，本能的會回到牛棚吃主人餵食的東西，這是農民放牧的一個訣竅，為了牛群沒有回來，他一早就進山找牛，確定牠們安全才返回，時間已近九點半。

家裡的媳婦(太太)在準備早餐，他也沒有閒著，我走進院落，看他正在編製簑衣，只見地上散放著一些棕櫚葉，他坐在板凳上拼製這件簑衣，並用鐵鉤及棕櫚搓出來的線，來回穿梭拉緊，簑衣已經縫製了一半，他說今年棕包葉質量不好，不夠齊整又太硬，增加了縫製的難度。

他邊做邊回憶起童年往事。在八〇年代前，農村物質非常缺乏，農民下田或進山放牧砍柴，遇到下雨，必須要有遮雨保暖的器具，老一輩人就以棕櫚葉子縫製簑衣。他說當年塑料品還沒有出現，就算以後有了塑料雨衣，進山很容易被荊棘鉤破，所以還是傳統簑衣實用。除了擋雨之外，在寒冷山區能達到保暖作用。以大西南山區人的習慣，頭上會戴一頂超大笠帽，雨水被擋住不致淋身，簑衣卻只有背後一片，因為帽大又彎腰工作，前面不會被雨水打濕。我常在山區巡遊，看到當地人頭戴寬笠帽、身穿單片簑衣，明顯與他處不同，經他解說後，解開了我的疑惑。

當年並不興手工製品買賣，都是找善於製簑衣人縫製一套，但是長期找人幫忙並不方便，而且會欠下人情，因此真正農村人，都學會農活以外的手藝，解決生活必需品，如打草鞋、編竹筐、以空樹幹做蜂箱、製做蜂蠟等，手工藝品會的愈多，愈是合格的農村人。他說曾在小三峽旅遊時，看到當地簑衣，前面有一片合身的簑衣片，與此區樣式確實不同。

農民喜歡穿戴簑衣下田或入山，還有一個原因，是因為它透氣不悶，天寒也能保暖，避雨歇息時，將簑衣放置地上當坐墊防潮，又因朝外的棕櫚毛，雨水從毛尖滑落，不致浸透內裡，可以說是理想雨具，難怪在 21 世紀的今天，滇西寬笠帽與簑衣搭配，仍是當地人的首選，致使它沒有被淘汰。

縫製一件質優好穿的簑衣，關鍵之一在股繩，這種數股纏成的繩子材料不假外求，都是從棕櫚葉上取得。朋友示範給我看，只見他拿了一片棕葉，從一邊開始剝出細條，幾股細條交纏搓揉，一條極有韌性的繩子就已做成，再用自製尖頭鐵鉤將繩穿上，藉以縫牢數片棕葉，再經調整高低使其平整，稍加梳理後，一件手工簑衣已經完成，他試穿後感覺很滿意，這樣的手工簑衣會在閒時多做幾件，送給親戚和朋友，都會受到歡迎的。

如今市面各種器物堆滿貨架，但像這樣手腦並用的製品，已隨著老人的凋零而沒落。我所知道的如草鞋、竹筐、竹燈座、掃箕、水瓢等，都已逐漸退出集市被塑膠品取代。時至今日，手工器物終究抵不過機器製品，但美感與實用絕難替代，尤令人擔心的事，編器物的老農多已年近七十以上，就像偏鄉美麗雙層木屋群一樣，隨著時代前進，無奈的夾入了水泥建築，聚落整體美感逐漸被侵蝕，可預見的是這些手工器物終究要被時代所淘汰。

夜雨煨茶

二〇二三年的雨季遲到了，或許是今年潤二月的關係，以往高黎貢山區的季候，一到清明雨水就嘩啦啦的降下來，但是今年已過了谷雨、立夏、小滿仍是太陽高照，一直到了芒種才見雨水，氣候真的是變了，變得就連靠天吃飯的老農，都沒法弄明白是怎麼回事？

就在大雨滂沱夜晚，朋友來電邀我到他住處用膳。這種打傘也擋不住雨水的天氣，只得換上長筒雨鞋，穿上兩截式雨衣，往他的住處走去。走進院落，已聞到廚房飄來的菜香，在廊簷下脫下雨衣換上拖鞋，隨他們坐在火塘邊烤火，山區襲人的寒冷也一掃而盡，在寧靜的高黎貢山腳下，熱飯、烤火與對話交織著，屋內有著溫暖與輕鬆的氣氛。

前兩日鄰人分了一份山羌肉給他，經過精心烹調後，桌上多了一份美味菜餚，其他肉蔬也佈滿了一桌，一碗辛辣沾料更是在地人必備的佐料，於是就著雨聲、談話聲，這一頓晚飯吃得舒適滿足，撤下殘羹剩飯後，我們移座至火塘邊繼續未完的談話。

通常熱茶會適時遞上，但朋友說今晚他來煨「雷響茶」。他說，老人們的說法是燉茶，就是將陶罐裡放上茶葉在炭火中燉，但是漢字裡的煨字，更能傳神的表達意思。他拿來粗質陶罐，先立放在炭火裡煨著，並不時轉動，讓它平均受溫，待罐子被熱力烤到發白，才用火鉗把它挾出。問他原由，他說一是要烤的滾燙，二是能殺菌消除異味，邊說邊抓了一撮本地茶，放進煨的已發燙罐子裡，並且不停的搖動陶罐。

他解釋說，綠茶放入罐裡，如果不持續的搖動，茶葉就會被黏住烤糊，將無法做成雷響茶。他持續抖動著陶罐，過程時間全憑經驗。這時他提起爐上的滾水，對準罐口一陣激沖，罐子發出一陣聲響，罐裡的茶水就像燒開的水，不停的往外冒泡，如此持續一段時間，待水溫下降再次沖入滾水，罐口再次翻滾冒泡，原來這就是滇西飲茶文化，一種讓人愛不釋口的雷響茶已經做成。

他拿了一只搪瓷杯，為我注入沖好的茶，茶湯顏色呈橘色看來色澤豔麗，我端杯在鼻前嗅了一下，一陣自然茶香襲鼻，又輕啜了一口在嘴裡，確實不同於開水沖泡的味道，這是因為滾水把綠茶最精髓味道激出，帶有一種釅茶滋味，而罐裡的茶水倒盡後，再加入滾水後仍不失原味，竟可以沖注到五、六次之多，這種以火煨罐，沖激茶葉作出的雷響茶，確實不同於泡茶，更能挑起茶味的底蘊。

他補充說，如果拾幾粒糯米與茶一起放入，茶湯會帶有糯香的味道。此地的少數民族製作雷響茶時，會加入許多作料，如傈傈族在茶罐裡放入酥油、核桃仁、花生米、鹽巴及雞蛋等配料。最後將一塊燒紅的鵝卵石放入，使罐內發出聲響，猶如雷鳴一般，顯然各民族製作工序不一，但如同雷鳴聲響的情況卻是相同的。

他回憶道，一九六〇年農村非常貧困，就連買茶葉的錢都拿不出。他伴隨在爺爺身邊，見到老人到山裡採摘二葉一心嫩茶，放在陶罐裡烤著，再用滾水沖入罐裡，如此也能喝到雷響茶；甚至在不產茶的時節，老人只得摘下老葉，在炭火裡煨著，待烤乾後放入罐裡用水沖激，也勉強能喝上一口雷響茶，雖然它不是熟茶製作出的味道，但這也是「窮則變、變則通」的方法，如今那個艱困年代已經過去，現在隨時都可以喝到雷響茶，但是由於農忙及雜務，真正煨一罐好茶仍是要找閒時，或是像今晚大雨，氣溫下降、朋友造訪，才能興起那種製作雷響茶的閒情逸緻。

今晚的我，一個遠從海島過來的旅行者，跨越二千五百公里來到高黎貢山區，恰逢雨季初臨，氣溫驟降的夜晚，在飽食一頓後，坐在火塘邊，聽著朋友娓娓述說半世紀前的故事，嘴裡品著外地沒有的雷響茶，這口茶的滋味感覺份外有韻，也溫暖了我這一顆飄泊的心。

抗日縣政府——江苴古鎮

一座藏在大山中的江苴古鎮，歷經了古昔風光，是因為它的地理位置。抗戰時期居然成了臨時縣政府所在地。它地處騰衝城北部，距市區四十公里左右。方位在高黎貢山西麓，海拔一六七〇公尺，年平均氣溫 15℃，雨季經常雲霧繚繞，因封閉在大山中交通不便，長期不為人知，經歷過一段沉寂與落寞歲月。

它曾是明清南方絲綢古道，翻越高黎貢山後的一個重要驛站，歷史上「走夷方、到印度、販洋紗、運珠寶」的商隊、馬幫穿越瀾滄江、怒江，翻越高黎貢山而來途經江苴，人馬在此歇腳，成就了滇西最繁忙的官道驛站。

這一條茶馬古道源起於漢朝，據考證，滇西南「漢辟五尺道」開始創建，它是中國古代一條連接中原、四川與雲南的官道。因路寬五尺，所以稱為「五尺道」。漢武帝時，又派唐蒙對五尺道加以整修擴建，一直修到滇池。

「江苴」隸屬於雲南省騰衝市曲石鎮，居民過了一段太平歲月日子，但是在戰爭烽煙竄起，日軍搶佔了騰衝城之後它的命運起了變化。六旬有二的名宿張問德臨危受命，出任騰衝臨時縣長，並開始在江苴文昌宮內辦公。他開辦抗日訓練班、組織民眾搶運戰略物資、收留遠征軍傷病員等，「抗日縣長」之名不脛而走。他的形象是手拄一根藤拐杖，隨身攜帶一面國旗，曾六渡怒江、八越高黎貢山，把抗日縣政府週旋在敵後，凝聚了騰衝地區抗日力量。

我先後來到古鎮三次，第一次是在二〇一五年冬季，騎車翻山越嶺一個多小時，來到繁華褪盡的馬幫驛站，當時各戶大門深鎖，少見人煙，一副被世人遺忘的古早聚落，我試著推開最大一戶木造雙門，老屋、深宅、古樹赫然在眼前，當時完全不知它有著一段重要歷史，我流連片刻，拍下照片後離去。

第二次是二〇一八年，帶朋友在雨季中再次造訪。大雨滂沱中，我們踏著雨水漪瀾的青石板路，打著傘一棟棟流覽，路旁兩側賣舖除了有古老門板外，還設有一個窗口，裡外的人可以探頭遞送貨品，窗沿撐起的木板，是用來放置付訖的商品；在轉角處，還能看到一些如石磨、收穀子的海畚器物，這個時刻，它已遠離古早馬幫興盛期，完全回歸到山裡農村型態，但是我仍然沒能發覺它在抗日時期所扮演的角色。

二〇二三年三月，隨著當地朋友再次來到古鎮。我驚訝的發現它正在改頭換面。當地政府大規模的為它翻修。我們從新修的城樓走進，又來到曾經推門進去的大戶院落，抬頭看到「大成殿」木牌，正殿一幅「萬世師表」匾額掛在牆上，孔夫子拱手端坐其上。不同於其他地方孔廟，夫子前面站立的塑像，都是抗戰騰衝地區的仕紳、耆老及遠征軍將士，這個組合肯定有它的意義。

我一間間轉著看，原來開啟的屋宅裡，有縣長辦公室、軍政聯席辦、軍民合作辦、戶帕糧督催辦等；一些當年抗戰時期的器物、照片、地圖、官士軍服、彈藥箱、運糧騾馬用的腳蹬、馬蹄鐵、美軍顧問團的旗幟、鋼盔、照相機等琳瑯滿目，最吸引我目光的是，縣長辦公室內佈置的青天白日國旗和黨旗，上面懸掛著國父孫中山先生肖像，這裡沒有掩蓋歷史，完整的呈現了抗日縣政府在此運作，幾次被日軍掃蕩離去又折返，與敵人週旋的史實。

一九四四年，中國遠征軍經過一二七天的苦戰，歷經大小千餘次戰鬥，終將據守在騰衝的日軍全殲，也成為中國首個光復的縣城。在殲滅日軍三三九五人的同時，遠征軍不幸有八六七一名官兵陣亡。騰衝城光復後數天，張問德掛職而去，只留下了一片丹心。他說：「我只是中華民族的讀書人。」留下一身風骨飄然而去。

江苴又恢復了它的寧靜，我在離去前於村辦公室小坐，村書記明確的告訴我：「騰衝抗戰是中國遠征軍打下來的，這是鐵的事實。」我想：臘勐松山、龍陵要塞、騰衝飛鳳山戰場大規模的血戰拼搏，掩蓋了江苴古鎮曾經抗日的光芒，但是它在滇西抗戰歷史上，臨時縣政府留下的身影卻是永恆的。

華南之行祭英烈

拂曉時分，北京氣溫零度，「中華民族抗日戰爭紀念協會」一行，略吃過飯店準備的餐盒後，搭車往首都機場去。航班是八點十五分起飛，經過掛行李、證照查驗、安檢一連串必要手續，飛機準時起飛，往南方美麗城市昆明而去。兩天密集參訪行程，加上清晨五時起床，大家睡眠稍有不足，趁著這三小時半航程倒頭就睡，在中午十二時正安全落地，開始了「重返抗戰現場」華南行，大家的服裝也由冬季厚重外套換成輕薄衣衫了。

雲南省簡稱雲或滇，有二十五個邊境縣分別與緬甸、老撾和越南交界，加上二十五個少數民族，是一個具有異國風情與多元族群共聚的地方。省會昆明，一個被譽為四季如春的城市。滇省屬亞熱帶和熱帶季風氣候，有「日夜溫差大、年溫差小」的特性，北回歸線橫貫南部，與台灣嘉義、孟加拉國等地，都有品質極佳的茶葉，其中普洱茶響譽四方。較特殊的是，雲南是動植物天堂，也是「有色金屬王國，自然風光絢麗，是人類文明重要發源地。

時間緊湊，吃完中飯後，即由美麗熱忱、個性開朗的曉霞導遊帶領，她說自己非常激動，因為疫情解封後，這是三年來所接的第一個台灣團。自我介紹時她說，當年母親在拂曉時分生下她，看著窗外滿天的彩霞而取了這個名字。她的口白清晰與不時如銀鈴般笑聲，感染了每一位團員，雖然才剛見面，彼此卻一點也沒有生疏感。

我們進到總面積二十六公頃的圓通山，它是動物公園，有一四〇多種動物共計一千多隻，其中孟臘虎、大熊貓、丹頂鶴是鎮園之寶。而正逢櫻花盛開之際，民眾扶老攜幼遊園，頗有李白「春夜宴桃李園序」中所記「況陽春召我以煙景，大塊假我以文章。會桃花之芳園，序天倫之樂事」情況相似。

但是我們並不是為參觀稀有動物及賞櫻而來，今天來此目的，是這裡有兩座令團員們都動容的「陸軍第八軍滇西陣亡將士紀念碑」及「緬甸戰役中國陣亡將士碑」。黃理事長以國軍將領、黃埔子弟身份，帶領大家祭奠抗日戰爭中，為國犧牲的國民革命軍將士，其意義與傳承都非常值得紀錄。圍觀的百姓眾多，他們看到主祭的是台灣退伍軍人，有好奇者近看所送花籃上署名「黃埔子弟陸軍中將黃炳麟率隨行一同敬獻」字樣應有所感悟，而圓通山書記在一旁陪同。

黃理事長在現場說明：「今天我們來到這個地方，祭奠為抗戰犧牲的將士，是希望能喚起大家重視抗戰這段歷史。抗戰是我們中華民族最光榮、最神聖的歷史。沒有抗戰勝利，就沒有今天的中國，沒有抗戰勝利，也就沒有今天的台灣，所以對於這一段歷史，我們年年都不會忘記，年年都會緬懷，不管在那裡，尤其在雲南這個地方，對抗戰的貢獻非常的大。」

為國犧牲的無數英靈都屬遠征軍成員。回顧歷史，中國遠征軍是抗戰時期入緬對日作戰部隊，這是根據一九四一年十二月《中英共同防禦滇緬路協定》編成，受盟軍中國戰區參謀長史迪威中將，和羅卓英司令長官指揮，該軍共計編成九個師十萬餘人。

一九四三年十月至一九四四年五月，中國駐印軍和滇西遠征軍先後發起緬北滇西作戰，殲滅日軍三萬餘人。一九四五年一月二十七日，兩軍在畹町會師，三月完成打通滇緬公路的任務後回國，一九四五年四月任務結束，遠征軍撤銷。

中國遠征軍是中國與盟國軍事合作的典範，也是甲午戰爭以來中國軍隊首次出國作戰。一九四三年十月至一九四五年三月，中國駐印軍和中國遠征軍在緬北、滇西反攻中收復緬北大小城鎮五十餘座，收復滇西失地八點三萬平方公里，共殲滅日軍約五萬餘人，但是遠征軍也付出了重大犧牲，傷亡官兵約七萬人，戰況實在慘烈。

雲南地區的民眾，在抗日戰爭中提供了高能量的勞動力，修築「滇緬公路」；省政府共徵集了二十萬民工，大部份是老人、婦女和小孩，他們用人力掘土、填土加夯實路基，為開闢新的軍需大動脈出錢出力，甚至犧牲了寶貴生命，對滇西大反攻的勝利功不可沒，這也是理事長所說：「雲南這個地方，對抗戰的貢獻非常的大」的意義所在。

晚餐中有一超大碗的「過橋米線」，此一出自雲南蒙自的民間美食，有一個「賢妻為苦讀夫婿準備熱雞湯煨米線」的美麗故事，其中蘊藏了愛心、上進、巧思、恩愛的內涵，搭配在熱湯內的雞肉、牛肉、火腿、菌菇更是美味無比，而香氣四溢的雞棕菌更是讓人難忘，就像雲南的風土人情，溫暖了團員們的心。

街頭不一樣的庶民飲食

滇西騰衝，主食以米飯為主，但一般民眾多以米線、餌絲為家常飲食，從早上的各種米線或稀豆粉、風吹粑粑等，到中晚餐的米飯菜餚變化不大，當然街上仍能吃到小饅頭、小籠包、油條等，是為數不多的麵點飲食。

但是人群聚集的車站附近，為讓外地人有所選擇，就不只限於米線了，而且價錢及份量讓我驚訝。我趁上街之便，到市區歡樂湖、文星樓步行街等逛逛，轉車地點就在這個客運站，它是一處人群聚集、車水馬龍的鬧區。從這裡搭車，可以去到市區大部份景點，若要到郊區，這裡也是城鄉客運的發車站，交通十分便利。

午餐時間到了，我穿越馬路到對街找餐店，這裡是店面一家接著一家，門面都不大，但各種米線、羊肉、清真食物毗鄰而居，我被一家十元自助餐店吸引，主要是擺在門口顯眼的菜色吸引了我，連吃了幾天各種米線，確實也想換換口味，年輕老闆一面招呼過路客人，一面遞了一個不鏽鋼盤給我，盤子不大，但裝幾樣菜不成問題，面對數十種不同菜色，我問老闆一份是幾葷幾素？他的回答讓我吃驚，他說沒有數量限制，你都可以選，只要能吃得下。

在台灣的自助餐也沒有限制客人，但仍是以點幾樣菜來計算，一般一份雞、豬、魚主菜，加上三、二份素菜，大約就要一百多元台幣，而這一家隨客人吃，卻只要十元人民幣，約為台幣四十五元，我仔細看了一下葷菜，確實沒有雞腿、肉排、焢肉、魚肉等，有的也只是小片回鍋肉及肉丁炒菜等，但是加上米飯、酸湯份量卻不限制，任客人吃到飽，也算是不計成本了！

我挾了七、八份菜，有麻婆豆腐、涼拌木耳、炒花椰菜、炒扁豆、蕃茄炒蛋、炒回鍋肉、拌豬頭肉、炒榨菜等，份量都只拿一點點，我的習慣是夠吃就好絕不貪多。

我又要了一杯三塊錢的散酒，自己盛好白飯、酸湯，總共十三元人民幣，用支付寶付給了店家，然後坐在小方桌前，品著當地的小鍋酒，慢條斯理的吃著這一份午餐。牆上貼著「在家做飯太累、酒店吃飯太貴、到本店吃飯最實惠」，看了不免會心一笑。

趁空和年輕老闆聊天才知，他與母親合力經營這一家自助餐店，大部份的菜餚都是母親炒的，以我剛嚐過它的味道，認為這些菜並不粗糙，而且味道頗好，應該會有很多回頭客，老闆點頭稱是。在吃飯過程中，有不少是打了飯菜帶走的客人，表示很多附近照顧店面的商家，為了省事提了盒飯就走。這的確是一家物美價廉的小店，對於熙攘往來搭車民眾，提供了一個實惠的正餐飲食。

他的老母親看到我和兒子聊天，又把牆上圖片及菜色都拍了照，兒子出外送餐，她特別過來倒了一杯熱茶給我，並告訴我說兒子失婚，撫養一對兒女，因此過來幫他創業，目前客源已經穩定。這是一個慈祥的母親，以如此的年紀還要掌杓確實不容易。以我的理解，市區車站旁店租都很貴，但是她們以另類觀點經營，菜餚備有三十種之多，而且並不擔心客人多吃，以薄利多銷方式使得客人回流，算是經營得法。牆上貼的「文明餐桌節約糧食」、「拒絕浪費珍惜糧食」已提醒客人適度取餐，因此不擔心有浪費情事，在這一個小小店裡，讓我體會到很多道理蘊藏其中。

當然，這也是一個家庭創業故事，其中有：成功的經營模式、開明的年輕老闆，酒茶飯菜湯的完美組合，當然，還有一位慈愛堅定的母親，支持著兒子！

鄉村流水宴

流水席的宴客方式，在我這一代從未見過，只是從散文小說中看到的一個名詞，及長者口中的講述，它是一種賓客絡繹不絕、隨到隨吃一種入席方式。我不明白，為什麼一件紅、白喜事，要持續的請客與吃飯，最多竟達三天九餐的流水席，直到我來到滇西偏遠村寨，才見識到它的場面。

第一次參加傣族村寨的壽宴，八十老壽星身著深色唐裝坐在主位，牆上掛著大大的「壽」字，看著席上親人與遠道來客，甚為喜悅笑容滿面。我從未見過早餐是正式的宴席，而且烹雞煮肉油水豐足，讓我的腸胃十分不習慣，但也入境隨俗的用餐，只挾青菜與豆腐配白飯吃。接著中餐、晚餐也是正餐，晚飯後親人團聚談笑、玩牌，好一副世外桃源之樂。壽宴的第二天，三餐仍是豐富菜餚，這時候才看到親人裡來了正宗傣族人，男女膚色黝黑，長相與漢人略有不同，特別的是他們不會說漢語，村寨裡的人用傣語與他們交談。

二〇一九年，騰衝界頭鎮核桃林社，村支書退休又逢六十大壽，我受邀參加了趙府流水宴。因為是整壽，習俗是由兒女操辦，與傣族村寨不同的是，漢人除了包禮金之外，還會帶上一掛鞭炮，因此每當貴客進入中庭壽堂，鞭炮聲即大作，來多少人鞭炮就會響多久，這種熱鬧場面在別處從未看過，或許是在山區農村，沒有像其他城市做噪音管制吧！

我請教在地人流水席的菜色，他告訴我說，正式宴席中必須要有八大碗，這些菜餚有：乾拼(豬肉、雞肉、腰果)、清蒸魚、松茸燉雞、紅燒蹄膀、雜燴(蛋捲、鵪鶉蛋、泡皮、萵筍)、水白蝦沾醬、甜碗(白仔仁、紅棗)、青菜豆腐湯等，但俗語說：「三里不同風，十里不同俗」，這些八大碗內容在各地並不相同，以當地食材相互搭配，而隨著農村經濟的進步，已不限於八碗，甚至超過十碗是經常的事，無非是顯示主人家的能力與好客、有面子等。

二〇二三年我來到北海鄉打苴村，住進一處庄園，每當村子有人作壽，庄園主人就會帶我去赴宴，也是吃三天流水席。當然流水宴不只限於作壽，其他婚、喪、喜、慶事都包含在內，尤其男人年滿三十六歲，由媳婦(太太)為自己辦壽宴，之後屆六十由兒女辦過壽，但是七十、八十甚至九十都不再辦宴客，至於百歲人瑞因甚為稀少，富裕人家也會由兒女為老父親辦壽宴，這裡另有一個風俗，就是小兒滿週歲時，由父母為孩子辦週歲宴。

如此一來，村子裡的流水宴是經常性的，如果是至親，一家只要包一份禮，全家都來上桌，每當十人坐滿一桌，八大碗菜就送上來，喝酒的人互敬氣氛熾熱。吃完離席後，工作人員收拾乾淨，擺上新的碗筷，陸續會有客人再來，這個時候，家族親人、友朋長官、遠方客人都會在在壽宴席上見面，隨意聊白話其樂融融，原來這就是我們鮮知的「流水席」。

在我的認知中，台灣地區無論紅、白事宴客，都只限於一餐，像這樣跨三天連吃九餐的流水席，不知如何傳下來的，其意義為何？友人告訴我說，早年鄉村交通不發達，客人因距離遠近不一，來到的時間相差甚大，於是就會準備豐富菜餚給不同時間到來的客人，因此形成了流水席。如果是至親，通常會全程參加兩或三天的宴席，客人吃了一餐後若有事，會事先和主人打招呼再離去，以免失禮也讓主人失了面子，這就是人情禮俗。

因緣來到滇西高黎貢山區農寨，見到許多與他處不同的風俗，總而言之，這裡保留了善良、敦厚、刻苦、互助的人情禮俗，而由於親族同宗相距都不遠，加上近年來經濟改善，農村的「流水席」被保留下來，我有幸多次參與了他們的聚會，對我而言是難得的人生體驗。

最後，當地懂得禮俗的人告訴我，其實不是八大碗，最早是叫「八道碗」，因兩音接近，久而久之，八道碗的名稱就成了八大碗了！

滇西村寨的集市

我從住的民宿屋出來，沿著田埂走十分鐘，即來到北海鄉打苴村，在早年村民休憩的木造亭裡，有一知名的稀豆粉攤位，是村內一位婦女經營的。此刻亭內已有三、五位村民在吃早點。我熟練的點了稀豆粉加餌絲，另外加一根油條，我還想要一粒水煮蛋，但是她沒有供應，於是在一旁稍坐等著。

在木材燃火的鍋內，熱著已煮好的稀豆粉，婦人抓起一把餌絲丟進另一鍋子煮熟，然後挾起放入碗內。她盛了一杓稀豆粉澆在餌絲上，將碗遞給我。桌上瓶罐內裝著各種不同作料，有蒜泥、醬油、花生粉、芝麻粉、豆腐乳、辣椒油、花椒油、另有一只碗內裝有切好的香菜，由客人自行取用，於是一碗澄黃的稀豆粉餌絲，上面鋪滿了白、紅色作料及綠色香菜，經過筷子攪拌後，色澤香味引人食慾大開；另外也有人點了餌塊粑粑，婦人會先在爐架上烤熱，客人將其撕成小塊置於稀豆粉上，也加上作料，這是另一種吃法，既營養又耐饑，甚合滇西人民的口味。

路邊擺販的貨品已陸續擺出，我安步當車的慢慢掃過。這是一個小村市集，規模不大，但貨品卻很齊全。在台灣由於城鄉交通便利，人們可以在大賣場買到一切貨品，像這樣的市集已經絕跡，因此引起我的興趣，其中也包含了少見的手工用品、在地中藥材與菌菇類感到新鮮，更重要的是，偈促一隅的村寨，保留了很多老舊建築，大多是木造兩層屋，雖然色澤已褪去，但仍不掩歲月痕跡，留下了韻味增加可看性。

一位婦女架起特製爐架，烤蕎麥做的蕎粑粑。另一攤賣的是大米做的涼粉和酒釀。一對夫婦擺起了滷味攤，有牛腱、豬頭肉、豬內臟等，婦人熟練的刀工，將滷肉切成薄片，再拌以辣椒、醬油作料，聞之即食指大動，想必生意不惡。不少婦人將自家種的青菜帶來市集，以傳統秤桿鉤起論斤稱兩，是台灣早已消失的景象。更讓我感到特別的是，在這裡早集，有人架起大爐煮飯燉菜，大碗裡裝有米飯、燉魚、肉片、青菜等，一碗大約七元人民幣，頗為實惠，這是台灣市場從未見到的現煮燉菜，味道應該不差，也能耐饑。

以純手藝擺攤的有理髮、修鞋與做牙，其工具都十分簡陋，但仍有不少顧客光臨。理髮師傅就在路邊空地支起了蓬布，一張舊椅子上坐著客人，師傅俐落的為他理頭，只需耗費五元錢；而修理鞋子與傘具的是一位女子，面前放著一台機具，可以藉縫補脫線的鞋子，但需用手工操作，想必熟能生巧，而修鞋費用應是看出力多少及難度來論價。至於補牙攤，擺了一些牙齒模型與修補材質，價錢十分低廉，看來並非由牙醫看診及治療，不知效果如何，無從論定。

既是市集，少不了最大宗的肉品、蔬菜及水果。當地農產如核桃、芒果、楊梅、也較常見。至於作料類乾辣椒、辣椒粉及蔬菜種子及糖果、餅乾、糕餅也琳瑯滿目。攤位較大的多是衣褲、帽子、鞋子、傘具等，足夠附近村寨人購買；夏至剛過，端節即將到來，集上也出現了粽葉、草繩等應景物，而北方常見的饅頭、包子、軋麵這裡幾乎見不到，顯示了因南北地域不同，百姓主食差異甚大的特性。

走出市集，正巧撞見三、兩匹騾馬入寨，背上都沒有馱載貨物，襯著背後古老木造屋舍，有一種歲月悠然味道。保守村寨、已有年歲建築、古老的牌坊、造型特殊的木造亭、甚至已漸被淘汰的騾馬隊伍，這樣的傳統組合到底還能維持多久？是否也將漸漸走入歷史，果真如此，今天的趕集(走街)將是難得的經歷！

龍陵行

晨間搭上八點五十分昆明到保山的動車，我很驚訝大陸交通建設的快速。記得早年路經保山，當時昆保動車尚未通車，除了飛機外，只能搭乘大巴繞行山路，七小時才能到達保山，如今近四小時即已抵達，進步不可謂不大。

今天參訪的是龍陵縣松山戰役舊址。導遊趙小姐是騰衝漢人，亦有傣族血統，她的知識豐富，對在地山川水系、風土人情瞭如指掌，會說一些少數民族語言，一路導覽就像上了一堂文化課，她介紹高黎貢山係喜馬拉雅山系一部，南北走向，這個地區被稱為是「地球上的諾亞方舟」，保留多種動植物，亦是人類的基因庫，火山灰土壤肥沃，有「插根筷子都能發芽」的趣言。

她時而夾雜著此地民俗故事，聽來甚為有趣。例如當年山區窮困，百姓的衣飾是「帽無頂、衣無領、褲無襠、鞋無幫」，又說以前城裡人往山區走親戚，吃了午飯就要回城裡，怎麼也留不住，後來才發現是因為沒有廁所，男女都在竹林裡「方便」，城裡人不習慣，以後他們再來作客時，就特別為他們挖便坑留住人。而山區資源豐富，又有「綠的都是菜、會動的都是肉」之說，老太太常爬上樹摘果實，因此有「老太太爬樹比猴快」的「雲南十八怪」中的一怪。

驅車來到「松山戰役舊址」，其中首次聽到的是「日軍慰安所」，而且是仍保留存在的舊址，地點是在龍陵縣董家溝。董氏屋宅始建于一九二一年，全院大小房舍二十三間，是走馬串角樓四合院民居。從董氏家族捐贈牌上顯示，一九四二年到一九四四年，日軍搶佔民房並在此開辦「慰安所」，待日本戰敗後，為揭露日軍罪行，於二〇〇五年五月，董氏家族將此屋捐贈給龍陵縣政府，作為愛國主義教育基地，免費讓遊客參觀。館方派人做解說，我們隨行邊聽邊看，瞭解日軍違反人道、令人髮指的暴行。

一九四二年日軍佔領龍陵後，此屋被強佔為「慰安所」，到一九四四年間，日軍強擄、強征來的日、韓、中及東南亞慰安婦有數十位，專供日軍官兵淫樂、她們成為日軍的性奴隸，屋內設有「慰安所規定」、「花名吊牌」、「慰女婦檢查室」、「檢查台椅」、「軍官浴室」等，一九四四年遠征軍收復龍陵前，日軍為隱匿罪證，竟以槍殺、強迫服毒方式處理了所有慰安婦，現存的舊址，是日本軍國主義反人道罪行的重要罪證。所內已建成「日軍慰安婦制度罪行展覽館」，完整呈現當時慰安婦女所遭受非人道待遇，照片與訪談紀錄見證了歷史殘酷的一頁。

奚國華博士在展覽館四合院空地上，擺上滇西戰役態勢圖，簡明扼要陳述國軍與日軍攻防的幾次戰役，尤其說明滇緬公路起造始由、經過及發展，是一堂梳理滇西戰役來龍去脈的現場解說。他說為了開通一條抗日戰爭補給線，雲南省政府調集了二十八個縣市的居民，包含了十二個不同民族，平均每天上工人數五萬人，最高峰的時候達到二十萬人，經過九十多天的時間搶通了這條公路，但是統計下來，開闢這一條公路，共死亡三千多位民工，受傷一萬多位民工，換算每一公里死亡二位民工，每一天死亡十一位民工，這是非常悲慘且可歌可泣的一段歷史。

但是我卻念念不忘導遊小趙的這一段話，她說：「從小爺爺就教育我們，騰衝國殤墓園內躺著的人，是騰衝人永遠不能忘記的英雄」。大家都為她這一段話感到震撼，因為滇西大反攻，騰衝城終於在一九四四年九月十四日得以光復，但是國軍官兵戰死卻達一萬八千人，代價實在太大，可謂驚天地泣鬼神。我們不能忘記歷史，要永遠記得他們保衛國家的偉大貢獻，這一次「重返抗日戰場」龍陵行的意義就在這裡。

龍窩田秘境

「水有靈性、山有仙氣」，依山傍水環境是人人欲求之地，但山水皆全之地難求，若能二者得其一，已屬幸福與造化了！

二〇一八年來到騰衝市北海鄉，認識了花園村康支書，他知道我是隻身旅行者，喜歡遊山玩水造訪古蹟，尤愛邊疆文化，探訪偏鄉民俗，也常將遊歷感受分享友朋，於是他安排我來到花園村，參觀「十里桃花」鄉村造景，果然見識到以青山綠水打造的鄉景，讓人流連忘返心有所感。

最特別的是，在他村子轄區有兩座水庫。一是近年所建的「花園水庫」，壩高四十六公尺，總容量為一〇三二萬立方米，水庫兼具了休閒、灌溉、調節水量等功能，是騰衝市及附近村寨賴以生存的水源地；而另一座「龍窩田水庫」是舊水庫，容量非常大，早年為該區人民提供生命泉源，唯因花園水庫啟用，龍窩田水庫退居到備用位置，現在為淡水魚養殖場，但她的秀麗山水，靜謐地點鮮為人所知，我卻由村支書帶領，親自造訪了這一水澤，感覺真是讓人心曠神怡，以至離去多年後，仍念念不忘。

她的絕妙之處在於藏在偏鄉山裡，大巴無法由山路通行，減少了大型車輛帶來的人潮、噪音、與廢氣干擾。但休旅及一般轎車通行無礙，下車步行三分鐘後，即看到青山傍著綠水，岸邊花木繁茂扶疏。人行止於岸邊，若要到對岸八十公尺的島上，必須登上渡船，這是由兩岸鋼索穿著的大型舢板，由乘客交互拉索即能前行到岸。纜繩兩邊明秀的水域卻無法一覽全貌，因為她有著「山窮水盡疑無路，柳岸花明又一村」的景貌。

上得岸來登上石階，就能見到餐廳、水榭、一排員工宿舍，透過大型玻璃窗，看到波光瀲艷的湖水，樹木山巒倒映水面，除了視覺美感外，還能感受到清風拂面暑氣全消，如此靈秀湖光山色，教人立刻愛上她，更盼能走訪小道、乘艇泛波，一探她的神秘。

沿著湖畔小徑逐步上坡，數棟木屋散佈丘上。我們推開一戶房門，格局不大但臥室衛浴和臨窗小廳俱全，床上被褥枕頭收在櫃中，因為遊客乏至，木屋裡外頗見清冷，也讓我們能享受難得的清靜。繼續前行，在另一處山頭上，看到一座巨大雞籠，雖是木頭材料但頗為堅固，大概是怕猛禽襲擊，籠外還用鐵網封牢，白日雞群出外覓食，晚上或下雨雞會入籠，這樣的環境難怪雞群看來都優游自在。

老闆開著汽艇帶我們遊湖，七人座的遊艇只坐四人加駕駛。馬達聲響中艇尾掀起波浪，他靈活的操控小艇，穿梭湖心左轉右彎繞進一處彎道，可以得知，這是一座形狀不規則的湖泊，它有許多彎曲的水道及山坳，像五爪金龍一樣窩在水裡，故名「龍窩田」，果然湖名其來有自。二十分鐘後來到一個岬角，他把引擎關閉，將艇停靠到木排搭建的碼頭旁，乘員逐一上岸，這裡建有一座水泥豬舍，裡頭有大豬及數群小豬，原來是被稱為生態豬的黑豬，這樣品種的豬個頭不大，但非常靈活，一般都是養在牧場任它奔跑，其肉質鮮美可想而知，但此檻的豬是圈養，以避免在沒有圍欄的湖邊跑失。老闆餵食黑豬後，載著大家返回，這一趟可以說既遊湖又見識到少見的生態豬。

當年回憶歷歷如繪，今年二〇二三年我又來到北海鄉，再次安排遊覽龍窩田秘境，如今它已更名為「龍潭山莊」。雖然時間已過去五年，老闆夫婦對來自遠方的我仍有印象，這一次他讓我和朋友划竹筏，在深不可測的湖中，我們三人分坐前、中、後以平衡竹筏，而且相互提醒絕不能起身，以免竹筏晃動造成危險。湖心撐筏也是一項刺激活動，我們前後兩人各持一漿撥水，筏子穩健前進，轉到深處後再返回，將竹筏橫靠岸邊，小心翼翼的登上岸。

接近傍晚，老闆接了放學回來的小女兒，她隨著媽媽去山邊撿拾雞蛋，要我也一起跟去。她們拿了籃子又帶了一支長型炒菜鏟，我不明白撿拾雞蛋為何要帶長鏟，隨著母女往山徑走去。幾年前看到的木製雞籠已拆除，現在雞隻放養在臨水的半山腰，這裡挖了很多山洞，並且架上竹枝，原來雞隻白日出洞在草裡覓食，天黑入洞踩在竹枝上，真是防風、躲雨又避鷹擊，比起雞籠更實用。此時小女孩將長鏟伸進洞裡，拿出來的鏟子上已多了數枚雞蛋，原來雞蛋是下在洞裡，大人不方便鑽進洞裡拾蛋，就以長鏟撿蛋，這是從未見過的場景，看了感覺很有意思。就這樣一窟一窟的從洞裡拾蛋，不一會兒籃裡已滿是雞蛋，豐收而歸。

至於鴨子養在水邊，只要定點餵食即可，他們在水裡做了攔截網，防止它們越界以方便管理。而性喜嬉水的鴨子在此也得天獨厚，因為沒有比這裡更理想的生存環境，至於魚鮮繁衍成群，撈捕不盡，成為餐桌上佳餚也是山莊特色之一，可以說此地以靈山秀水、自然生態、渡船小艇、環湖步道、生態黑豬、放養雞鴨、洞裡拾蛋及數不盡外界難以比擬的項目，讓這裡成為秘境一點也不虛假。

周易坤卦：「龍戰于野」比喻群雄爭天下。騰衝市北海鄉花園村的「龍窩田」水庫，先人視其湖水形貌有如五爪金龍，又窩在水澤故稱其為「龍窩田」，有「龍窩于田」之意，實發揮無窮想像，今則為觀光改名為「龍潭山莊」，無論訂名為何，其早年提供水資源供民飲用與農田灌溉，今則變身為觀光休閒功能，它的位置隱秘不彰，卻如秀麗村姑藏於山野，仍不減其風華亮貌，我以能再次親臨秘境感到幸運，也願記述風光一、二，以饗愛好自然風光的朋友！

騰衝土鍋子

如果你聽到「火山熱海」名詞，當不難想到因火山地型導致地熱，這樣有溫泉的地方，理所當然成為旅遊區。雲南省保山市下轄的騰衝縣城，就是這樣的地形，由多個火山群組成，具有年輕、活動頻繁、分佈密集、種類齊全的特徵，目前地下岩漿仍在活動，提供源源不斷的熱能，因此該區成立「火山地熱國家地質公園」，招徠了無數外地遊客來此旅遊和泡湯。

當地老百姓亦頗幽默，將當地流行的土鍋子稱為「火山熱海」，看著燃燒的火鍋底座，湯汁滾滾的鍋內，真會為取名的貼切會心一笑，它已成為導遊做騰衝特色介紹時的亮點，當外人嚐到土鍋子的味道後，都為它的豐富食材和帶著醇香美味而讚賞。

二〇一七年春節我獨自來到騰衝市，住進汽車站旁的一家旅館，當日遊完怒江後返回住處，已是大年夜的下午。這個旅館是營業兼住家，老闆婆媳正在廚房整治一個大火鍋，它看起來笨重但色澤接近陶土，此時鍋內已佈滿五顏六色食材，是我從未見過的菜餚。他們在鍋底添加柴火，溫度上升後鍋湯香味四溢，老闆的母親熱情邀我圍爐，但是我已答應一小時外山區朋友的邀約，因此感謝他們的好意，雖然無福嚐到它的美味，但這一只放在地上的土鍋子給我留下深刻印象。

二〇二三年清明節前我又來到騰衝，住進市郊北海鄉朋友的「諭蘭庄園」，他們經營果苗兼收購松花粉、羊肚菌和野生菌等農產品，客人遊園時也順便點餐，看著老闆夫婦收發貨又招呼客人，忙得不可開交，能看出庄園前景十分看好。

清明節前一天的庄園，我又看到土鍋子被擺在地上，不同的是這一次竟然有十二只之多。員工正在為新購的鍋做「煉鍋」程序。原來是新進的陶鍋不是立刻能用，要底部先燒柴火，再用熱水注入鍋內，檢查陶瓷有否裂痕？燒一陣子後，將青菜放入烹煮，再次觀察它的品質，待柴火燒盡鍋也煉好，重新洗淨，為明日做準備。

隔日早晨，他們準備了一份豐富土鍋子擺在庭院，碗筷特殊的擺法，讓人一見就知是祭拜禮儀，原來是有了好吃食物先奉祖先享用。騰衝漢人多是明朝戍守邊疆軍人的後裔，他們將中原文化帶到邊區，慎終追遠的清明節，比起內地許多地方還要隆重，甚至冬至比照清明一樣準備土鍋子上墳。奇特的是，當地人常邀外人一起「獻墳」祭掃祖先，儀禮過後，全家帶著朋友即席而坐，吃著帶來已烹煮熱騰騰的鍋子了。

這一天的中午到晚上，我看到庄園內竹編屋、院子內的圓桌上，擺滿了菜餚，當然那一只「土鍋子」也被置放在桌子中央，一批批的客人陸續入座，老闆夫婦請我就坐陪著其中一桌客人，我們品著美酒開懷暢飲，也吃著鍋內美味食物，這時候才知道每年清明節前夕，庄園都要以土鍋子招待親朋好友，並且是純請客不收取費用，這種促進友誼的做法，似乎像清朝紅頂商人胡雪嚴的大手筆，難怪庄園生意日益火紅與旺，原因其來有自。

土鍋子是一道風味獨特的菜餚，看似簡單實則製作工序繁瑣。必須先用鮮肉骨頭湯熬成底料，再按照特定放置順序，放上青菜、芋頭、黃筍、酥肉、蹄筋等食材，慢慢燉煮幾個小時，上面鋪一層泡皮，這個口感香味俱佳的泡皮，是用洗淨的鮮豬皮曬乾後，用油炸過後以冷水浸泡，再切成薄片，泡皮之上點綴一圈加工過的紅黃兩色蛋捲、肉圓、羊肚菌，再放上豌豆、蠶豆增加色澤，於是色香味俱全、好看又好吃的土鍋子即成，當地人習慣以乾醃菜、樹蕃茄(酸雞蛋)做成蘸料，搭配起來更開胃爽口。

在鍋具方面亦有講究，他們絕不使用金屬鍋，只用本地獨特工藝燒製的土陶鍋，而且講究慢火熬煮，因而湯頭鮮甜美味無比。土鍋子用罷後，由於其材料的特性，清洗時不能用洗潔精，而是用淘米水或清水洗淨，待下次使用時食物依然美味。

騰衝土鍋子以往多在春、冬二季到山野掃墓祭祖及過年節時食用，現今由於旅遊發達，外地人來此多指定要吃獨特的「土鍋子」，因此它已不再受限於清明及節慶，成為飯館常備及日常宴客用餐。吃鍋子時，十人八人圍坐一圈，歡聲笑語，氣氛熱烈，看著鍋內的湯汁翻騰，底座火紅炙熱，正像那蒸騰的火山與滾燙的地熱一般，溫暖著客人的心。

青山有幸埋忠骨

從雲南保山出發，到龍陵再轉騰衝，海拔高度分別是一六五〇、一五〇〇和一六四〇公尺，路程都是在高山峻嶺中行車，下山時坡度很大，有賴司機純熟技術與專注駕駛方得平安。這一條路沿途高山深谷、田疇綠野，金黃色小麥在風中搖曳，顯現壯闊險峻與美麗景色。行經著名的「滇緬公路」，讓我不經回憶起一九四四年，雲南各地民眾為支援抗戰搶修公路建設，與日本人拼搏，因為修築公路犧牲為數可觀的民工，如今走在這條路上，心裡懷有無限感恩之情。

一個小時後，我們到達「松山戰役」遺址，中華民族抗日戰爭紀念協會黃理事長率領團員，向陸軍第八軍第一〇三師，抗戰陣亡將士陵墓獻花行禮致敬，然後在海拔二〇一九公尺的松山戰場，登上象徵血戰九十六天的九十六級台階，來到佔地極為廣袤的「松山戰役紀念碑」，一塊巨石上藍染的「中國遠征軍」字樣，座立在方陣區中央。讓所有人為之震懾的是，現場以相同比例雕塑出的方陣，計有娃娃兵、駐印軍、跪射兵、炮兵、戰車、女兵、盟軍、老兵、戰馬等九大方陣，沒有一張臉是重複的，各有神態表情栩栩如生，連配備的戰鬥裝備也製作的如實物一樣，這樣的排場與莊嚴肅穆氣氛，讓人為之動容。

更讓人感動是周杉杉主任的現場解說，她先朗誦「青山無雨。松濤為海，忠魂不散，護我河山」祭悼詞，接著說道：「松山血戰歷時九十六天，中國遠征軍官兵以七七三人犧牲的代價，全殲日軍一二八八人，取得了戰役的勝利。此役是中國乃至整個太平洋戰場中，全殲日本侵略者最光輝的戰役，也是同盟國共同抗擊侵略者的成功典範。

走到老兵方陣前一尊塑像前，她說：「老兵方陣是當年雕塑群的作者李春華先生，他走訪了全國各地，找到了還在世上，又有代表性的二位抗戰老兵，並且根據他們往年肖像雕塑而成，雖然所雕像人物已是年邁形像，而且個個低頭悲戚之容，似乎在追憶犧牲的戰友，讓人駐足凝視，設計者捨棄他們青年形貌的構思，彷彿在敬告離去的同袍，我雖然苟活到現在，但是我一刻也沒有忘記你們，這樣深刻的藝術手法，超出了世俗與凡人所能想見。

她指著右手邊的第一位，現在唯一還在世的叫做徐本春，他是騰衝市騰越鎮港鵝村人，去年還回來雕塑區與自己雕像合影，目前已高齡一〇二歲的他，回憶當年自己主要是負責飛虎隊在大理祥雲機場的保衛工作。記者採訪問他，為什麼您那麼小年紀就去參軍呢？他說：「如果連國都沒有了，又何來的家呢？我們一定要先把國家保衛下來，因為有國才有家！」

在他旁邊佇立的塑像是劉桂英，她是一名巾幗英雄，當年跟隨着杜聿明和廖耀湘兩位將軍，唯一從野人山區活著走出來的女兵。她說到野人山區惡劣的環境，一入山就逢上雨季，軍服就沒有一天乾過。她親眼看見一個班的戰士被洪水衝的不知去向！又因為進入莽山幾週後軍糧吃完，官兵只好在山中尋找可以充飢的植物，卻誤食有毒野果蘑菇而死；也有一些士兵因為過度疲憊靠在樹幹休息，被螞蝗吸盡他們的血，也有一夜之間就被萬千螞蟻啃食成一具白骨，這是非常殘忍恐怖的事。記者問劉奶奶在沒有地圖、指南針的情況下，是如何找到回家的路？她沉默了很久回答道：「孩子！哪裡需要地圖，哪裡需要指南針？只要跟著那一堆堆白骨走，那就是家的方向。」後來據統計，進入野人山區犧牲的人，竟然遠比戰鬥犧牲的人還要多得多，這是一場悲慘又壯烈的史實。

在向紀念碑及遠征軍方塑像方陣致敬合影後，用餐完畢又坐了二個小時的車程，到達騰衝市。團員在聞名的「龍江特大橋」服務區休息。這一座如巨龍般橫跨兩山絕谷之間的大橋，二〇一一年八月開工，二〇一六年五月一日正式通車，橋身總長二四七〇公尺，龍江在橋下二百八十公尺處流淌，其壯觀與實用，都讓人蔚為驚歎。

二〇一四年十二月十六日，郝柏村上將率團重返抗日戰場，來到騰衝看遠征軍滇西戰場，在參觀完「國殤墓園」後，揮毫寫下：「滇西緬北聯合攻勢勝利是日軍敗亡的先聲。騰衝地方小、戰略意義大、反攻貢獻多、軍民犧牲慘、歷史真相明，中華民族強」。下署：抗日戰爭老兵陸軍一級上將郝柏村。這一聲明肯定騰衝地區對抗日戰爭貢獻大，也留下抗戰老兵的歷史回顧。

下午四點半，全團來到位於騰衝市中心的「一九八師攻克騰衝陣亡將士紀念塔」，它的歷史係遠征軍一九八師，在反攻高黎貢山和騰衝城作戰犧牲的將士而建，正面是軍事委員長蔣中正所題「民族正氣」，背面是該師師長霍揆彰題「還我河山」。理事長帶領團員向英烈致敬，一九八師的將士們犧牲小我，完成國家大我的英勇精神，將與為國捐軀遠征軍將士一樣，事蹟將永遠長留國人心裡，「青山有幸埋忠骨 一坏黃土祭英靈」是國人對他們最高的敬禮。

西南邊城的璦琿公園

在滇西騰衝市有一座璦琿公園，璦琿是黑龍江省的一個地名，因為一八五八年中俄簽定了璦琿條約，割讓黑龍江以北六十萬平方公里土地，因此在歷史上留名，為什麼這樣一個東北小城的名字，會在雲南省騰衝市設立公園呢

原因就出在地理學家胡煥庸身上，民國二十四年他提出「中國人口地理分界線」，成為二十世紀中國地理最重要發現之一。他以一個點表示二萬人，將二萬多個代表人口規模的城市，逐一標示在地圖上，再計算等值連線，創製出第一張中國人口密度圖，提出一條中國東西部人口差異的分界線。該線是中國地理學家第一次通過手繪，運用大數據做出的重大發現，後來被稱作「胡煥庸線」。

胡煥庸線又被稱做「黑河—騰衝線」，這條線北起黑龍江璦琿（今稱黑河），南至雲南騰衝縣，大致為傾斜四十五度直線，將中國版圖一分為二。根據胡煥庸當時的

計算，該線以東的面積約佔全國百分之三十六，而人口卻佔全國的百分之九十六；該線以西的面積佔全國的百分之六十四，而人口僅佔全國的百分之四。這是一條中國人口分佈的穩定界線。該文中所附的「中國人口密度圖」，後來被美國「地理學評論」及英、德等國地理期刊轉載。

二〇一五年夏季，我突發奇想到東北走走，於是先飛至徐州，再轉機飛哈爾濱。隔日遊歷該市及松花江後，當晚十二小時夜車，隔日清晨到達黑河市。三天時間裡，我遊覽了錦河大峽谷、俄羅斯風情館、知青博物館、歷史陳列館，也坐江輪暢遊黑龍江，隔江眺望俄國市街。其中「瑷琿歷史陳列館」給我印象最深刻，館內以雕塑及聲光影像，重現清代帝俄海蘭泡大屠殺歷史，看得遊人血脈賁張，痛心不已。兩國簽訂的「瑷琿條約」就在此地，一九八三年大陸將瑷琿縣併至黑河市。

二〇一六年春節前，我隻身走訪大西南邊城騰衝市，盡覽滇西中緬邊界城市。為此地的青山綠水、特有的木造屋、淳樸風土人情感到適意。當地人告訴我，這裡就是黑河到騰衝的中國地理分界線的南端，這才意會到，無意中我已走訪到「胡煥庸線」的兩頭城市，中華大地版圖如此遼闊，當年三十四歲的地理學家選定黑河、騰衝作為中國地理分界線，成為世界有名的「胡煥庸線」，我竟然都造訪過，這是何等的緣份與榮幸？

二〇二三年四月我又來到騰衝市，在外地已進入炎炎夏日之季，這座滇西極邊之城，卻是如常的舒適，氣溫大約 25℃，映入眼簾的盡是青山綠水、木屋農田清新美麗。入夜後，朋友帶我至該市的「璦琿公園」，它的全名是：「騰衝－璦琿中國人口地理分界線主題公園」。它佔地八十八畝。裡頭樹木高大成蔭，其他另有草坪、熱帶植物、石椅、大型腳底按摩步道等，其中最搶眼的還是一座鑲有大陸地圖的高牆，前後各有一座三角錐座，而「胡煥庸線」就從這兩座錐座穿過，經過的城市名，鑲嵌在地板上，人們可以從第一處黑河市，經興安盟、咸陽市、西安市、漢中市、廣元市、綿陽市、德陽市、成都市、雅安市、樂山市、寧蒗市、麗江市、劍川縣、雲龍縣、保山市到達騰衝縣，這一設計不但具有巧思，也將地理學知識嵌入了公園。

當然胡煥庸教授是不會被人忘記的，他的塑像設立一旁，石碑正面記錄了他的生平，背面是鑲著民國二十四年六月，中國「地理學報」二卷二期，所刊登的這一篇享譽國際的論文，無論哪個人來到此地，都能知悉這一條「胡煥庸線」，對當年甚至後世產生指導性的影響，人們驚訝的發現，儘管八十八年過去，大陸歷經疆域變遷、改革開放等政治、經濟、社會和文化的歷史性變革，但是這一條地理分界線依然十分穩定。其所揭示的至今仍在經濟、國土優化等戰略制定中，發揮著不可替代的作用。

民國時代的地理學者，以異於常人的眼光，孜孜矻矻伏案作出大數據的國土論述，舉世矚目，甚至到 21 世紀，仍是國家做為國土戰略規劃參考，如果當年我沒去過黑河市，也必然會為這個理由走上一趟，而滇西騰衝市在「極邊第一城」、「玉翡翠之都」、「流落邊疆的一本漢書」、「抗戰光復第一縣」的眾多稱號中，又因「瑷琿公園」的設立，多了一個「胡煥庸線」最南端城市，這是它的標誌與光榮。

如果你問我，在黑龍江省黑河市，是否也有一座這樣的公園呢？那我可以肯定的告訴你，在東北邊陲的黑河市，同樣有一座「瑷琿—騰衝中國人口地理分界線主題公園」，它已於二〇二〇年七月落成，只是我還沒有機會到訪。

淡淡的幸福

二〇二三年疫情解封，我又來到雲南邊區，享受龍川江與高黎貢山的綠水青山，以及身心舒逸的日子。更重要的是，這裡的朋友熱情真摯，常讓我惦記著他們，只要有機會，就會長途跋涉來到中緬邊界「極邊第一城」。

離騰衝市區五十公里山區「界頭鎮」，是我所待的地方。雖然以城市條件看來，它荒僻不便，僅有農田、養殖場、菌菇大棚及傳統農寨，但是不遠處的高黎貢山，海拔三千多公尺，當冬季下雪日子，也會白了頭；雨季來臨之際，山嵐煙波虛無縹緲，又是一番特別景象，這種眼界無礙、空氣清新的地域，真是不可多得之地。

上午十點，我住處旁的退休村支書，要我去他的山房吃早飯。農村生活與外地不同，一早做農活前吃的點心叫「早點」，那只是略為填一下肚子擋饑，早上九到十點的這一餐叫「早飯」，必須有白米飯與菜肉。

我步行三分鐘即來到他的山屋，廚房火塘升著柴火，吊鍋內正熱著早飯。他的夫人看我來，將青菜、白米飯、一碗燉肉及沾料擺妥，大家坐在農村慣有的小方桌前，開始用膳。這一頓早飯後，再吃午餐大約要在下午二點，至於晚餐通常是七到八點半左右，這是依農村各家的作息而定。

我面前的桌上，擺了兩枚生煎雞蛋，這是他家放養雞所生。每天在山野覓食的雞群，個個雄健活潑，所生的蛋個頭不大，顏色帶有淡綠色，打開後蛋黃呈橘黃色，經菜籽油煎過極為美味，一天的營養靠這兩枚放生雞蛋足矣！

飯後他們放牛、種菜自忙農活，我騎車到村寨看木匠老先生。因為曾答應他，將讀完的「藏著的中國」送他閱讀。他的傳奇，曾在我寫的「農村木匠」裡描述過。早年因地主身份被剝奪了讀書權益，但他靠著自學認得大部份漢字。學習有成後，他常應邀替農家新屋寫楹聯，他的書法頗有型，所作對子也有內涵，在木匠活之外，有了另一份生存本事。

見我到來他十分高興，因為又能聊聊台灣的文化與見聞。由於耳背，我必須貼近他耳朵說話，但並不妨礙我們的溝通。他果然又寫了一個「騋」字問我，我知道這是一種馬，但對字意完全不理解，於是他告訴我說，這是一種「高大的馬」，他對生字的用心與查考字典，讓我十分驚訝，使我又增長了見識，也對他的好學精神心生佩服。

他說要煮白酒請我吃。我知道這裡說的白酒就是「酒釀」遂欣然接受。他進廚房開始烹煮，十五分鐘後，讓我坐上小桌，看著碗裡裝著略帶微紅的酒釀，碗裡除了自製酒釀外，還有三枚水煮荷包蛋。我說雞蛋太多過於營養，他說不打緊，而且用紅糖烹煮滋味更好。雖然因為血醣問題我幾乎不吃糖，但也沒有拂他的好意，將一碗酒釀煮荷包蛋吃盡，果然好味道，不同於我在台灣，慣用湯圓煮酒釀蛋的滋味，但是能在極邊地區吃到另一口味的「白酒煮蛋」，確是一種幸福。

點心過後，他為我展露另一項才藝，只見他從裡屋拿出一長盒，將二胡取出後來回調音，胡琴發出「咿咿ㄚㄚ」的聲音。他邊調音邊聊著說，另一村的一個音樂班子，曾要他過去為農村紅白事操琴，他感覺音樂就是閒暇之餘的消遣，而養家活口的

「木匠活」才是正業，因此婉拒了加入，木工正業與寫楹聯確是他一家老小的活口，他並沒有因為想多賺錢，而身兼數職以致耽誤本務，我感覺他的才藝是多樣化的，可以說是農村難得的人才。

晚上路經「核桃林」社，到曾經是村寨「守山人」家小坐，熱情的他們又留我吃飯。晚上八點天色方暗，晚餐這時才擺上桌。因為知道我不慣吃辣，小方桌上，又有一大碗蒸蛋，主人頻頻用杓將蒸蛋往我碗裡放，因為裡頭放有菌菇，吃起來齒頰留香特別配飯，但這一吃下去，幾乎又是兩個雞蛋的量，我這一生中，在一天內從沒有吃過如此多的蛋，確實是營養過剩了！

一天七枚放生雞蛋，無論是用油煎、水煮荷包蛋或蒸蛋，讓我感受淡淡的幸福，而缺蛋已久的台灣，相較山區有著「蛋蛋的幸福」，今天，我似乎吃的太奢侈了！

興隆食館

我的朋友從高黎貢山區、白果村寨、騰衝縣城及界頭鎮匯集。識途老馬的他們，選了一家古意盎然的餐館相聚，他們說館子雖老，但是味道還是比較道地的。

從門外往裡看，一塊陳舊的招牌「興隆食店」高掛其上，字是行草，但感到特別的是，一般的店都會用餐館、小館、菜館、餐廳或飯館，但是這一家店名號卻是「食館」，當然這也說得通，因為進來的客人就是來食一頓飯的。

看著店裡格局，至少有七、八十年以上歷史。木頭樑柱、拼木地板、小四方桌凳、兩枝杉木頂著屋頂，大概是怕樓上地板灰塵掉落，頂上密貼著一層牛皮紙，與整個屋子色調相同。而木頭櫃台上放著一些什物，如果說真有什麼現代器物，就是靠邊放的一個雙門大冰櫃，但是也不礙眼。連招呼點菜與廚房掌杓的阿姨，看得出都是已上了年紀的人，整個格局就是老舊與逝去的年華。

前兩日下雨，高原氣候立即降溫，木板房沒有設「火塘」烤火，但是也不成問題，店裡準備了一個火炭盆，裡面燃燒著木材，四條板凳合圍，火盆置於中間，在等候的時候，大家啜著茶，相互遞煙草，一面吞吐，一面「說白話」，氣氛溫度恰好，而今天並非趕集日，又相約在傍晚，店裡沒有其他客人，說話頗為自在，在這山區小鎮食館，一股安靜、陳年歲月的味道在空氣中飄散著。

客人之一的慶芳先生，是此地退休教師。他拿出一張書法說要送我，並問我能讀出上面的字嗎？看著龍飛鳳舞甚為有型的字體，我仔細的辨認後，看出是：

敬贈劉先生姓名詩

能文能武眷村人／先輩壯舉啟後承／

兩岸情濃勝手足／昌後萬古發永恒／

二〇二三、五、一　於騰衝市

知交蔣慶芳敬贈

其中輩與勝字我正在琢磨，蔣老師即給了答案。他又補充說，「能文能武」打的就是刘字。收下這一幀「姓名詩」，讓我特別高興，也感受到邊城讀書人，具有中華傳統文化的底子，除了感謝他曾為我的「西南邊城—騰衝印記」一書作序外，今晚又收到別出心裁的墨寶，顯得特別有心，使我心情十分愉悅。

他的胞弟在芳先生一起在座，我是經由他得到其兄賜序。在芳兄熱心開朗，二〇一七年曾帶我遊山裡嚴氏小寨及半截江，並講述山洞挖寶傳說，其發人深省的寓意，豐富了我書中內容，而這種類似聊齋的山野傳奇，一定要當地人親自帶路解說，才能有所獲得。此次再度造訪邊城，他聽我說受朋友之託要買「捲煙紙」，竟帶了一大疊送到我的住處，且不收分文，讓我十分過意不去。

另一位朋友孫志瑜先生，從縣城開一個多小時車來赴約。他謙謙和善的做人態度，讓我們一見如故。聊天中方知其幾代祖曾是朝廷官員，因觸逆龍顏，被貶官到邊疆，從馬站鄉碗窯村偏鄉立足，並繁衍後代。他說幼時還曾見過家門前豎有旗桿，應是先祖曾立有功勳得此殊榮，但終其一生並未能返回原籍，後代致成為邊疆漢民。二○一六年，我帶六位同好來騰衝遊，他與另一朋友，開車帶我們遊北海濕地、觀景台、大塘溫泉、界頭趕集、中緬邊界等地十分辛勞，此次再度見面敘聊，都開心無比。

今晚幫忙訂餐的是新庄村前支書趙明剛兄，二○一五年我初到界頭山區結識他，就深受他的照顧。無論冬天送毛毯助我禦寒、或不時開車帶我至龍江大橋、火山公園、騰瀘公路中緬邊界、大塘泡溫泉、更遠至瑞麗、芒市看潑水節、更以當地人的熟稔，領我到親朋好友家聚宴、了解當地風俗民情。他自小的農村經歷，多少山中傳奇與早年農器具的功用，都經由他的解說，豐富了我的知識，解除了我的疑惑，這些資料也成為我寫作的題材。

原本他要在家待客，經由我的建議前來鎮上，一方面不能再勞累他曾經罹病痊癒的夫人，二則是朋友從不同方向過來，這裡地點適中，於是他選擇了該鎮最古老街子餐館，我們的認知是，手藝純熟、烹調傳統、口味道地的在地食物應是首選，而見到彷彿穿越半世紀時空的老式食館，我並不以它不時髦及老舊不想進入，反而覺得是難得的機緣，因為隨著時代的進步，終有一天它將走進歷史，為都更拆除舊屋，改頭換面成光鮮亮麗的建築，而今天的懷舊氣氛將到哪裡去尋呢？

今晚由我作東，邀請照顧我這異鄉客的好友們，心裡實在感激，僅以他們熟悉的在地菜餚共聚，五菜一湯耗貲不費，但卻非常可口對味，主客也談笑自在，如同一旁的火盆，燃著熊熊火焰，就像彼此的情誼一樣。

草鞋

高黎貢山區的朋友邀我去做客，他說要送我一雙草鞋。對古早農家器物極為好奇的我，一聽有「歲月遺物」趕忙走到他的山房，一座位於森林保護區的空心磚造房，不要小看這一棟山屋，它有著一廳兩臥室、一間廚房加火塘、另有浴室及兩衛生間，中庭有一寬敞的院落。更稀奇的是，院外尚有牛墟、蜂箱，魚塘以及他自搭的戶外頂篷停車場。

隨著狗吠聲我走進了院落，他從裡屋裏拎出一雙草鞋。這完全是脫離現今時代的農村舊物，式樣古老的只在早期電影裡見過。它不是用草繩編成，而是產在山區的一種竹麻。他說今年因為竹麻開花，這一大叢竹子已到生命的終結，因此若要再打一雙這樣的草鞋已是不可能了。

曾在張拓蕪先生「代馬輸卒手記」中讀到，大陸民國時代軍人，除了公發軍裝及配備外，腳上鞋子是士兵自己用草繩編成的，小腿再以布帶纏緊，即顯出精神煥發的部隊，而鞋子打得稱腳與否完全看個人手藝，如果手法粗疏不精，鬆垮的草鞋對行軍影響甚大，若是因而掉隊是要挨軍棍的。沒想到在二十一世紀的今天，居然親眼看到它的模樣。

朋友回憶，一九六〇年代的農村相當貧困，物資極為缺乏，小孩至大人都是赤腳走路，在田裏耕作的人不需要草鞋，就是光著腳丫下田農作。冬天高原氣候寒冷，一般腳部容易凍傷，這時必須到遠處取松脂加熱，抹在凍裂的傷口上才能痊癒，在當年農村裡幾乎見不到一雙鞋子，能穿上布鞋的人大約只有官員、生意人或者學校老師。

他解釋這一雙草鞋，是年約七十歲老人打的。年輕時候老人為村子放馬，當時農村是以畜力為主的年代，馬群屬於公家所有，農閒時候必須把牠們趕至山上，以遍佈的野草餵食馬匹，但是山區利石嶙峋、草莽叢生，若是腳板沒有保護就會被割傷流血，致使寸步難行，於是放馬的人，必須學會打編幾雙合腳的草鞋，隨時替換修補，以度過那一段攀岩上山、步履荊棘的日子，聽著他的述說，讓我幾近置身於蠻荒年代，而老人編草鞋手藝就是這麼練出來的。

他知道我對農村舊器物感興趣，因此請老人用僅剩的竹藤編了兩雙，大的留下自己緬懷，另一雙較小的送我。我脫下腳上的登山鞋，試著套上這雙草鞋，神奇的是居然完全合腳，我起身走走，也感到舒適不礙腳，除了底部感到稍薄之外，其他完全能發揮鞋的功能，讓我感到不可思議，因為在現今的西南邊疆、高黎貢偏遠山區，能親自試穿手編草鞋，絕對是一種可遇不可求的事。

我珍惜這一雙難得的草鞋，其實是紀念那遙遠艱困的年代，當年山裡農寨人，靠著它一步步走入山區，與大自然遍佈的山石、糾結攔路的韌草、陡峭滑坡以及雨季時滂沱大雨相搏鬥，而那一代的人也熬過來了。

台灣早年被稱做「草鞋墩」的南投草屯，傳說是林爽文部被清兵追至溪邊水急不可涉，駕筏渡之，遺棄草鞋堆如山墩，因而稱「草鞋墩」，後草鞋墩改名為草屯鎮，見證清代草鞋是當時人腳上之物，而大陸六〇年代因經濟不發達，貧困地區各家甚至連一雙草鞋也不多見。朋友補充說道，如果早年運送公糧到城裡，主事者是要為每人準備一雙草鞋的。

留著這一雙草鞋不是為「思苦憶甜」，而是能聽到一個個故事，知道草鞋曾陪伴底層人民走過艱辛歲月，它代表了時代精神與不可逆的逝去時光。

春祭國殤

二〇二三年三月二十八日晨起，地上略為潮濕，這是昨晚飄了一些小雨。天空陰霾，彷彿預知遠從台灣來的「抗日戰爭紀念協會」來祭悼烈士。早餐過後，大家整裝前往位於騰衝疊水河畔、來鳳山北麓的「滇西抗戰紀念館」，該館面積十四萬餘平方公尺，陳展面積六千平方公尺。八〇年代，國殤墓園進行保護性修繕，一九九五年被評為「全國文物系統優秀愛國主義教育基地」，並入選中國二十世紀建築遺產。

一九四二年五月，日軍侵犯滇西邊境，怒江以西國土落入敵手，後方唯一國際通道滇緬公路被截斷。一九四四年五月，為了收復滇西失地打通滇緬公路，中國遠征軍發起了滇西大反攻。經過四十三天的浴血奮戰，終在一九四四年九月將日寇全部殲滅，光復了抗戰以來第一個國土─騰衝。此次戰役共殲滅日軍六千餘名，但是遠征軍將士亦不幸陣亡九一六八名。此戰役之激烈，國軍犧牲近萬人才獲勝利，將士們前仆後繼奮勇阻敵，以國殤「誠既勇兮又以武，終剛強兮不可凌」作比擬應是恰當的。

騰衝光復後，為紀念陣亡將士及死難民眾，時任國民政府委員兼雲貴監察使李根源先生提出「理應豐碑偉塚，以祭英靈，狀形繪聲，傳之史誌」，倡議興建陵園。工程於一九四四年冬動工，一九四五年七月七日盧溝橋事變八周年紀念時落成，讓烈士們魂魄得以安息，民眾能有景仰緬懷的地方。

團員們進入展區後，由該館副館長馬娟女士作導覽，就「抗戰後方、禦敵前線、怒江對峙、絕地反攻、逐寇出境、老兵不死、祈願和平」七大主題做解說。之後，理事長率團員們佇立忠烈祠內，向英靈們獻花致悼，場面肅穆莊嚴，接著又拜謁烈士陵墓、紀念塔、盟軍碑、中國遠征軍紀念廣場、碑廊等處。在清明節前夕，全團不辭路遙，來到烈士們長眠之地致敬；理事長也在現場手書「紀念國殤勿忘國恥」銘言，以惕勵國人效法英烈、勿忘曾經被侵略的恥辱。接著理事長以中華民國發行的「抗戰七十週年紀念」郵票，致贈「滇西抗戰紀念館」楊館長做為典藏。館方十分週到，在團員們走完烈士陵園後，備妥熱茶讓大家能歇息片刻、補充水份。

晚餐前，由李將軍及倪博士作「遠征軍反攻滇西緬北作戰經過」講座，會場佈置了作戰要圖，幫助大家瞭解全盤攻守態勢。李將軍最後做結論：「經過這次戰役，我們中國雲南省的國土，在國軍自己的力量下完成了光復，我們對先烈英勇作戰精神非常的敬佩，從這裡也獲得三點結論：第一，所有的官兵勇往直前，視死如歸。第二，幹部以身作則，底層幹部傷亡非常的高。第三，老百姓對軍隊的支援，人人抱着國家興亡、匹夫有責的信念，因此獲得最後的勝利。」講座完畢後，大家對講述者精彩內容與說明，報以熱烈的掌聲。

一個國家民族是否有前途，端看國民視為國捐軀的將士敬重態度如何？八十年前，中國遠征軍將士無畏日本侵略者的船堅砲利，以弱勢武器與之拼搏，他們捨棄年輕寶貴生命，為國家爭得領土完整與長治久安，後人應該牢記他們忠勇英烈事蹟，將故事一代代傳下去，永誌不忘，而九歌國殤裡「身既死兮神以靈，子魂魄兮為鬼雄！」像是早已為他們作了銘言鐫刻！

邊城溫泉小鎮

二〇一七年頭一次到達滇西騰衝市，一種純樸自然，尚未開發的小鎮出現眼前。它是一座小城，高樓建築極少、市區道路不寬，主道交匯之處多設圓環引導車流；公交車站亦顯老舊，但是市區內如和順古鎮、疊水河瀑布、滇西抗戰紀念館、國殤墓園、綺羅小鎮等已具知名度。

因為地處中國西南與緬甸接壤，此地沒有鐵路致交通不便，因此外地人很少來此地。早年從昆明到騰衝，條件好的人會選擇坐飛機，一般人，尤其是到外地打工的農民工，只能坐長途巴士，在山區千迴百轉經十小時才能到達，旅途十分折騰人，直到二〇二二年「昆保動車」開通，才使得返鄉與旅遊時間大幅縮短，但動車只開通到保山，出站後再換乘巴士，高速公路車行二小時始到騰衝，據聞通往騰衝的高鐵已指日可待，對貨物運輸與旅遊將帶來很大的提昇。

我為此地的青山綠水所吸引，幾年內又來了數次，盡情飽覽自然風光，觀看萬畝油菜花田，秋天金燦燦的銀杏讓人驚豔，我深入高黎貢山農寨，作民情風俗探訪，在舒適的氣候及沒有污染環繞下，閱讀寫作，任意巡遊過得非常自在。我也常坐一小時車返回市區辦事，來的次數多，幾條公交車路線也摸熟了，去到哪里都不成問題。但是當年對市區十公里外有個溫泉小鎮卻完全無所悉。

騰衝屬火山地型，計有六十四座地熱活動區、八十餘處溫泉，數量之多堪稱國內第一。徐霞客最後一次旅行，來到騰衝看到如大滾鍋般的溫泉，在遊記中寫道：「遙望峽谷蒸騰之氣，東西數處，如濃煙捲霧」。三百多年過去了，熱海大滾鍋依然沸水噴湧、碧波翻滾、騰煙蒸霧、氣勢恢宏，形成了這個邊陲城市的特色。

一日我坐「順風車」到騰衝市區，準備走訪「和順古鎮」，在路口向人問路，他指出古鎮方向，知道我是從台灣遠道來此，告訴我可以去「瑪御谷溫泉小鎮」一遊，他說這是新開發的健康養生小鎮，來自酷寒北方有錢有閒人士，都在小鎮置產，逐漸形成一種風潮，而騰衝市已被定位為康養及觀光旅遊城市，建商在青山綠水間大量建造高樓，以容趨之若鶩的外來人口，市郊如溫泉小鎮附近，逐漸改變它的地貌景觀與風氣。

瑪御谷小鎮是北海鄉的下轄鎮，經過精心的設計後，小鎮完好保存了中原傳統農耕文化，坐擁原生態村落、三奇寺、青松寺等人文資源；而澡堂寨、秧田窪、清河寨散落其間，透著古早建築風韻十分迷人。小鎮的氟化矽酸溫泉，水溫 57℃，遊客可以泡湯、療養、避寒甚至已達可飲用的條件，全世界除了瑞士外只有此地擁有。這些優質條件，使得它的知名度很快打開，絡繹不絕的遊人來此購屋或作短期旅行，成就了它的繁榮。

我走進小鎮，看著「新中式徽派風格」的建築為之驚異，此時上午十時左右，頭戴笠帽，身著滾邊灰布斜襟服飾婦女，手持長柄掃帚在清除落葉，背後襯著高大竹林，像電影裡的畫面，傳達出中國聚落優美和諧之風；我走進朋友屋內參觀，看到的是戶型方正，南北通透的房舍，基本設計成「園中有宅，宅中有院，院中有屋、景中有園」型式、戶戶皆是坐北朝南，梯次佈局，能盡覽山野田園風光。

小鎮有一小河穿越，岸邊有草藤編製似漁人又像農夫造型抽象作品；一旁有水車轉動；餐館、酒肆、商店一應俱全。老人在通道上劈竹，現編農藝品販售，這些出自農村家用器物，小巧可愛又實用。沿河設有茶飲或咖啡座，土特產店擺著當地山珍菌類特產，大部份都叫不出名字。鎮內住民及遊客，拿著毛巾穿著拖鞋在泡腳池，享受溫潤泉水帶來的滋養。

一個原本靜謐無爭的極邊小城，有著美麗青山綠水，沒有發展成工業城，如今因養生觀念的興起，終致被商業集團看中，以它豐沛溫泉及四季如春的氣候，打造成康養旅遊城市，雖然帶來新移民與遊客，以及給在地人提供了工作機會，但也不可避免的影響自然生態，見到一棟棟住家高樓在山谷中矗起，讓人看得心驚不捨，我知道原本與世無爭、單純質樸的鄉野農寨，因為大量旅遊養生屋舍的開發，再也回不去它的安寧了。

滇西城鄉的公交車

在滇西山區是沒有公交車的，這是為什麼呢？因為高黎貢山的農村是散居，村寨數量太多、彼此距離太遠，就算台灣偏鄉常見的小巴，也沒法在山區這樣跑，於是各家有各家的本事，如養豬戶，會有載豬中型貨車；雜貨店，也有載貨廂車；至於年輕人都備有機車，非常機動靈便。而上了年紀的老人，也有四輪帶篷摩托車，可以在趕集時候，載著農產品或自編籮筐、掃帚、畚箕下山去販售。四輪車嘟嘟聲響，在不平的路面，搖搖晃晃的趕集去了！

如果逢上「五天一市」趕集日，也會有民營客車上山，在鄉公所固定點載村民上下山，二十分鐘路程，車費十塊錢人民幣，但是它不繞行各村寨，搭車的人，必須走路或有人送到定點上車，其他四天非趕集日，沒有班車搭乘，於是就靠雙腿下山、或搭便車，也如前述，家裡各種營生車輛或機車，就成了來往山區與平地的交通工具，它並不便捷但幾十年來也就這麼過來了。

到了鎮上，設有公交車站，每一小時發一班往騰衝縣城公交車，這些車子多屬民營車隊，他們領有載客執照排隊攬客，一般來說有兩種類型，一是十九人座的中巴，另一種是七人座小巴，乘客達五成就發車，沒有固定班點，從上午七點發車到下午五點收班，如果客人等不及，可以搭七人座叫客小巴，不待坐滿就發車，因為到市區五十公里路程，隨時有人在路邊等車，從起站十七元人民幣起，愈往市區價錢愈遞減，說起來還是公道，如果包車到市區，至少二百元人民幣，在山區一天小工，也只有一百五十元，所以搭公交車划算的多。

按照不同鎮的車漆不同顏色，以免越區搶客亂了市場。像我常待的界頭鎮，公交車是淺藍色，往縣城方向開二十公里，就到了曲石鎮，它的公交車漆紅色，這樣就有了區隔。但從騰衝縣城回頭的車，如果你是回五十公里外的界頭鎮，就只能搭淺藍色車，除非先搭了紅車在曲石鎮下車，還是得換乘藍車回界頭鎮。但是近年有了進步，由縣城發的公營公交車，開發到了曲石鎮，票價只有五元，如果換車繼續到下一個界頭鎮，票價另計十元，這一段二十公里路，仍然沒有公家經營的公交車。

這種五十公里長途公交車，功能可謂包羅萬象，發揮了最大極限。因為它不只載人，還能帶各種農產品，像山區產的糧食、蔬果、菌子、手編器物，只要能放得上車它就能載。於是人在座位上，貨物塞滿在走道間，等人貨上齊，幾乎動彈不了，也有人從縣城買的各種貨品、如孩子腳踏車或玩具、各種農業小型工具都上了車，加上出外打工的農民工隨身包袱、鋪蓋、外地特產等，一些返鄉旅人及外地讀書學生，行李箱、背包更是包包沉重，讓老舊車輛跑來頗感吃力，但它仍是按著既定路線，沿著龍川江慢條斯里行進，逐站將乘客送到村外站牌，家人來接或自己走回村寨。

多年前一次下山到手機店換電池，店家看了說沒有這個型號，我以為必須要到騰衝市去處理，沒想到他要我去逛街，一小時後再來，我想不透他們要怎麼處理？原來他打電話到縣城同行，讓他們拿一個電池送到發車站，於是回程的車子帶來了我要的電池，果真一小時內就解決了問題，這才知道民營公交車的用途可大了，他能從縣城帶回任何車子能裝下的貨品，車子到站後一通電話，定購的人騎車過去取貨，當然要付司機載運錢，這種遠程捎貨方式，看了真是新奇。

有一年，我搭車由縣城往山區走，車上有一對「以色列」籍情侶，他們帶著厚重登山裝備，準備爬高黎貢山，問乘客「林家舖」在哪一站下車？車上人聽不懂意思，我告訴他們在「曲石鎮」下車，再轉出租車上山。也順便提供一則消息，最近一個大學生獨自登山，幾天都沒出來，出動民警進山搜尋但杳無蹤跡，我請他們要注意安全，他們感謝我的忠告。二〇二三年朋友帶我從「林家舖」進山，卻正逢封山休養季節，並未能進去，朋友接著告訴我，當年失蹤的大學生，遺體幾個月後被發現在山澗邊，已經被野獸啃的只剩骨骸，可見獨自登山危險性還是很大的。

更讓我見識到一次令人啼笑皆非的事，一天我搭車去縣城，車上一位農民帶了一大袋活魚上車，準備進城出售。他放在走道上，車子搖晃間袋口鬆開了，一袋的水及黃鱔傾倒在車內，隨車子起伏前後亂竄，他連忙用手抓回丟進袋裡，但上百條的黃鱔滑溜難抓，乘客雙腳抬起躲開這一攤活物，駕駛十分淡定沒責備他，待不算短時間抓完後，車子靠路邊停在一戶空地前，這戶裝有水泵及粗水管，乘客全部下車，司機手持掃帚用水沖洗車內，好好清洗了污水這才消除了腥味，上車繼續開往未完的路程，而這個水泵店確實是洗車的地方。

年紀稍長的朋友對我說，五十年前這條公路還是彎曲狹窄的土路，鎮上有地位的人是騎騾馬進城，一般人用推車或走路，常會露宿在半途，隔日再走到城裡，如今道路不但截彎取直也拓成雙線道，從自行車、摩托車、貨運車到私家車絡繹不絕，交通方便太多了，城鄉公交車也提供廉價運輸，也由於時代進步，終於淘汰了騾馬隊伍，以及用手推載貨的獨輪車。

如今只要花一個多小時，就能完成五十公里的車程，行車路上，兩旁高黎貢山與龍川江交錯而行，路邊是無盡頭的煙草或油菜花田和水稻，間距五到十公里，就有一古老木造屋村寨，或踞坐在路邊，或深入一條小路的盡頭，整個景象望去，如同桃花源記中：「土地平曠，屋舍儼然。有良田、美池、桑、竹之屬，阡陌交通、雞犬相聞。⋯⋯」，我這一位旅人，常靜心聽著農民用方言交談，欣賞他們攜帶少見農作物與山珍，時而望著窗外高山、江流與火山濕地、實在是愉悅之旅，而雖是老舊顛簸車子，也就不覺辛苦了！

山村麵館

初次來到高黎貢山區，為著這裡青山屏障、江水長流、綠野田疇、木屋村寨景色著迷。我從萬丈紅塵的繁華都市，投身於空氣清新、眼界開闊的鄉野大地，身心感到特別舒暢，我想，這就是我要尋覓的心靈桃花源，既然來了，就不只是一時半刻的走馬看花，因此租屋長住，完成許多靜下來才能做的事。

這裡不必擔心過馬路突然衝來的市虎，也不會擔心堵在牛步的長龍車陣中，更不需焦慮盯著燈號秒數；在偏僻馬路上，只要能遵循彎道減速、不超前趕路，伴隨著路旁無限旖麗風光，氣定神閒走完三、五十公里，到達想要去的地方，在行進的路程中，你已吸足了芬多精、飽覽了大自然瑰麗景色，這一趟不是苦旅，而是饗宴。

農村的生活作息與外地不同，因為要先去農作早飯開的很晚，中飯也必定延遲，到了晚餐八、九點才進食也是常有的事。於是我這個外地人，早餐前需先墊一個小饅頭，下午二點午飯前必須補一碗米線擋饑，因此接近正午之時，先擱下書本或暫停電腦，騎車找地方為腸胃打底，於是來到二十分鐘外的百果村，一名回族婦女開的小吃舖，她能提供的東西十分有限，就是米線和細麵，但是對充饑者來說也能將就了！

這是在十字道上路邊的小麵店，挨著她老公開的電器修理舖。經營這個店，能順便照顧垂髫兒女，以及年歲已長的公婆，真是一舉數得。在荒僻的山腰道上開店，生意不是很興旺，因為農村人一般都在家裡煮食，她的生意，主要來自販賣飼料、動植物用藥、化學肥料及收購畜禽、蔬果商人，他們在山區跑了大半天，也得停下吃一碗米線補充體力。

店是很老的一間木造屋，門板可以拆卸下來，一只陳舊玻璃冰櫃靠牆放，兩個爐子架著鍋具，外頭小桌上放著布蓋著的餐具，店裡只有兩張小方桌。與麵舖同排的還有雜貨店，門口放有一桌二椅，桌上擺著碩大的象棋，已有歲數的老闆常與同齡村民對弈，在午後來一段搏殺，看他們持子思考，再謹慎打下棋子，偶有圍觀村民助陣出主意，自有一番樂趣在其中。

我騎著買來的二手打檔機車，沿著蜿蜒山道下來，架好車子走進麵店。老闆娘過來招呼，因為是回民店，品目上只有牛肉米線，我問她有否麵條？她走到隔壁店裡買了一包細麵，原來麵店只有米線和餌絲，我又要了一只荷包蛋，這才坐在矮凳上，喝著她倒來的本地茶，靜待填飽早已饑腸轆轆的腸胃。在煮麵的同時，她又起了油鍋，加了一大杓菜仔油，打了一個雞蛋入鍋，我看這已經不是荷包蛋而是「炸蛋」了。

小舖提供醃菜，我自助揀了一盤，是油醃蘿蔔絲，味道酸辣也算合口味。一大碗麵煮好端上來，麵中夾雜著切成小塊的牛肉，上面灑著蔥花，我配著小菜和荷包蛋吃著，確實很快就填飽肚子，掏出了紙鈔付了麵錢六元，荷包蛋二元，總共八塊錢，換算台幣大約三十六元，頗為實惠且味道很好。我對老闆娘說，荷包蛋應是用少量油煎出來，不是丟在油鍋裡炸出來，這兩種口味是不一樣的，但是當地習慣如此也改不了，而且油炸速度快一些，若荷包蛋要煎的好還是要費一番功夫的。

找到能解決餓肚子地方以後就常來。她常煮麵到一半，還要騰出手抓回跑到馬路上的兒子，也盯著練習寫字的女兒，一會兒婆婆進來，又招呼老人家，客人坐下，更忙著活計不得空閒。來的次數多了，我與村上人也開始熟稔，他們領我去看村公所裡閃閃發亮的銀杏，也帶我到二公里外看「神仙腳印」並對我講述這個神奇故事。更有一次吃完麵發現忘記帶錢，雖然她要我下次再付，但想到用微信「發紅包」功能，付了八塊錢解決沒帶錢的尷尬。

二〇二〇年疫情蔓延，三年後我才又返回山區，發現十字道上這一排店面已被清空，經問當地人才知，當地政府收回了原本是公家的地，並拆除地上建築物，又再詢問原來店家何去何從？他們說，雜貨店老闆就此收了店，而年輕夫婦的電器修理及牛肉米線店，已遷到一處叫「沙壩村」的地方，並且擴大店面，生意經營的不差。

我懷念牛肉麵的滋味，挑一天下午，正值山區油菜花收成季節，我一路騎車問路，找到了回民小吃店，確實門面變大也做了裝修，一張品項表及牛肉功效說明掛在牆上，食品種類變多，加上了炒菜、銅瓢火鍋、牛干巴及一些料理等。老闆娘仍然記得我，話完家常後，我照舊點了牛肉麵，荷包蛋、炒了青菜、又點一杯自釀米酒，菜上來之前，照例有一杯本地茶免費提供。從聊天中，知道生意比以前還好，以往的老顧客也會過來捧場，其實就是牛肉味道正宗，如今增加菜色，來此小酌或正餐的客人更多了！

簡單的一餐讓我品出味道極佳，顯示店家廚藝更加精進。我從遠方來到山區，店面距離住處變得更遠，我明白，雖然適時補充一餐很需要，但是要經常遠途來此也是不易，今天再次尋來，只是想找回以往的感覺，以及重溫牛肉麵美好記憶，而店家一對可愛孩子的成長變化，顯示時光消逝一點都不留情，我想起，是誰說「山中無甲子，寒盡不知年」呢？離去前，我為她們母子拍下照片，做為曾經來過的回憶。

芒市潑水節

「潑水節」是雲南傣、佤、布朗、阿昌、德昂等族的新年節日，更是傣族一年最盛大的傳統節日，節期在四月十三到十五日，它代表族群特有文化。雲南德宏州芒市、瑞麗、西雙版納已成為潑水節重要地點，它起源於傣族姑娘為消滅魔王的邪火，不停的用水潑滅，因此有了這個節日，另外它也代表人們相互祝福的一種習俗，這個節日與東南亞泰、緬及寮國相同，都在四月中旬熱情歡度。

二〇二三年四月十二日，我與三位朋友前往芒市，中午到達該市已經感覺到特別的氣氛。中午時我們進入一家餐廳，老闆讀小學兒子返家吃午飯，他穿著傣族傳統服裝非常可愛，此時隔鄰女生來邀他一起返校，她也穿著民族服裝並且提著水桶，得到允許後我為他倆拍照。老闆告訴我這是傣族最重要節日，學生都要穿著傳統服裝到校，並且課餘也用水桶相互潑水，真是全市不分商賈、學生、民眾全力總動員，讓我感受到這個城市的特色。

下午漫步經過商家，店裡都是穿著美麗服裝的女店員，街上少數民族年輕女子穿著族群服裝，展現出特色與曼妙身材，她們非常樂意擺好姿勢讓我們拍照，讓我親見大西南人民的熱情。也有中年婦女靜坐街邊，面帶笑容回應我們的攝獵，其嫻靜與友善態度使遊客感到愉快，也融入她們歡愉氣氛，我確定這是一個好客熱情的城市。

我們特地留宿一晚，準備參加隔日潑水節壓軸戲，而今晚房價也由平日一百元上漲到二五〇元，仍是供不應求。隔天中午走到不遠處會場，舞台上豎立著少數民族圖騰，中間交叉著兩把砍刀，顯示出早年人民的勇武精神。周圍商家門口擺的全是汲水用品，有裝滿水的大桶、射水用的水槍、水球、臉盆、拖鞋、雨衣等各種器物。迎面而來的嬌娃，身揹大型水槍沿街走過，此時有人展開突擊，一桶水潑灑過來，被淋到水的人不甘示弱，立刻拿起水槍水桶還擊，於是廣場上、街道旁盡是相互追逐的人群，帶來了驚叫與歡笑，一旁的遊客也被感染著快樂氣氛。

晚上會場彩色燈光點亮，震耳欲聾的音樂貫穿全場，廣場裡各少數民族手牽手踏步起舞，嘴裡跟著節拍發出短促聲音，他們服裝、頭飾、背袋爭奇鬥豔美不勝收，人人臉龐散發著光澤與歡愉，我將他們與台灣原住民豐年祭做了比較，都是服飾鮮豔、腳踏節拍、喉頭發聲，狀極陶醉之貌，並且徹夜跳舞也樂此不疲，當然也有逐漸退出的族群，但有更多的人加入舞蹈，讓熱歌勁舞入夜後達到高潮。

芒市已是現代化城市，道路寬闊，公車站牌有如泰緬建築，金色邊角上揚極具風格。廣場上一座大型建築與中國傳統建築大相徑庭，一看便知是東南亞式樣，上面跑馬燈打出「德宏芒市　心向黎明城　共沐吉祥水」字幕，停在一旁的水車，能供給充足的水源，讓民眾與遊客盡情歡樂；最辛苦的仍是清潔人員，不停的清掃滿地用過的水球及食品垃圾，看得出來這是一個準備充分的大型活動。

二○○六年經過大陸國務院批准，將該民俗活動列入中國第一批國家級非物質文化遺產名錄，到二○二三年十二月聯合國教科文組織宣布，泰國潑水節被列入非物質文化遺產名錄，而泰國的泰族與中國傣族存有一定的歷史、文化和語言聯系，有著共同的民族源流，因此兩國相近族群都有潑水節傳統節日，也就不足為奇了！我想到台灣新北永和的華新街，住有泰緬華僑數萬人，自一九九八年起每到四月中旬都會舉辦潑水節，這是相近族群的共同節日，如今我來到大陸西南德宏州芒市，參加這盛名遠播的潑水節，而且是原汁原味的少數民族傳統節慶，感到非常有趣與值得留念！

做迷信

朋友說，他的親戚家今天要做「迷信」，請我一起過去參加。我想既然是迷信，顯然這是不科學的事，為什麼農村人還要信這一套呢？我感到好奇，也想了解高黎貢山地區民間習俗，於是就一同前往。

車子由核桃林社(村)下來，在山區蜿蜒道路上行進，路旁都是耀眼的油菜花田，就在二天前沙壩村才舉辦過「界頭花海節」，這是山區一大盛事，農村人勤奮工作，難得有熱鬧活動，因此都從村寨裡走出來參與，花海節過後油菜就要收割改種菸草了。

十五分鐘後，我們到達白果村溝邊寨，這是典型的山區農村，十數棟磚牆木造屋接連，各戶內外空間寬敞，院子裡養著畜禽，週邊圍繞著農田與菜畦，屋棟間是小巷道，外面一戶人家門上貼著「沼氣戶」，朋友說，這曾是由國家補助的豬糞燃料，可以提供電力，現在由於電力充足，已經淘汰了沼氣發電，農村已往現代化道路上前進。

近午太陽高掛，氣溫約十八、九度，但屋簷下卻是陰涼稍寒。我問朋友，什麼情況下要做迷信？他說一般家裡人遇到災厄或不順事情，認為是被不好的東西纏上，就會請道士來家裡唸經驅鬼，分「急救經」與「平安經」兩種，從早上十一點開始，到晚上八點大約九個小時。這一天親朋好友會被邀請參加，主人家要準備早、中午二頓素食，晚上做法結束後可以進葷食，完成整套程序。

走進大門，門楣上貼著「禳星奠土」四個字，意思是本戶犯了煞星，需進行禳解，也有祈求宅內老幼平安之意。跨過門坎屋角供著「鬼王」，被認為可以擋災辟邪，也能阻擋游魂野鬼靠近善信住家。今天這家兒媳婦剛逢大病稍緩，家人為其還願及保平安，特別做了這一場「迷信」。我們進到院子，主人擺出素食讓我們進餐，盤碗中有豆腐、蔬菜、涼粉、醃菜及豆腐腦；飯後喝茶，看著道士書寫中堂「天地君親師」牌位，此時鑼、鼓、鐃鈸聲響起，唸經做法開始，男主人在一旁隨著道士指示做各種儀禱動作。

一位客人告訴我流傳久遠的故事，在古早年代，界頭鄉一位書生帶著僕人赴京趕考，但由邊疆到北京路途遙遠，主僕二人雖然努力趕路，卻遇到天災誤了行程，等到達京城時考試已過，無奈之下只好南返。在經過浙江時遇到一位道士，傳授他全套做法儀式，回到家鄉後，他開始為人消災解厄，因為效果靈驗頗得當地人肯定，因此請他的人愈來愈多此法就流傳下來。本地道士被認為是很具法力的，常被邀請往他鄉做法，但別處的道士卻很少被請來本鄉。

文化大革命期間，政府執行「破四舊、立四新」運動，要把舊思想、舊文化、舊風俗、舊習慣清除，因此這一套道教文化被禁止，但是人們求心安、祈求生活平順心願是沒法阻攔的，於是轉為夜間偷偷施作，直到運動過去迎來改革開放，政府不再禁止，這個宗教活動終究如「野火燒不盡、春風吹又生」般興起。朋友告訴我，民間十分信服這套儀式，各家在災厄請道士做法後，的確感到心安與生活平順，他說有些事情是不能不信的。

晚上八點多法事結束，主人撤除所有符咒及供奉，並在中堂貼上新的「天地君親師及堂號」，接著擺上葷食供道士及客人進晚餐。我觀察了一天，知道這就是台灣道士常做的「禳災安宅、祛病消災」法事，兩岸文化同出一源差異不大，只是本地人用「做迷信」一詞，卻是一種直白說法，也顯示出山區人民不修飾語詞與單純民風的展現。

那些樹上的彈痕

「中華民族抗日戰爭紀念協會」第八次重返抗日戰場一行，於二〇二三年三月二十七日來到龍陵縣臘勐鄉松山戰役現場，向遠征軍「第八軍一〇五師抗戰陣亡將士」致上最敬禮後，導覽周杉杉主任，帶領大家來到一片蓊鬱樹林，她指著一棵大樹說，這一場戰役戰況異常慘烈，整個山頭變成了一片焦土，只有這四棵榕樹存活下來。

松山戰役是一九四四年六月四日起至九月七日，一共打了九十六天，經過國軍十次的攻擊，終於以犧牲七七三人的代價，全殲松山日軍一二八八人，取得戰役的勝利，此次戰役是中國軍隊首次殲滅一個日軍建制聯，也是日軍在亞洲戰場的第一個所謂「玉碎」戰，日本天皇親授的聯隊軍旗被毀，旗冠深埋地下，一一三聯隊不復存在，成為日軍在中國戰場上首次遺留下千具遺骨，迄今無法收殮的孤魂。

悲慘的是其中有一千多名娃娃兵，他們原本是父母被日軍殺害的孤兒，被收留在部隊中任後勤工作，但是隨著戰事的升級，避免不了也被捲入最後的衝刺而陣亡，在松山戰役紀念碑前的第三號方陣中，就是娃娃兵們的群體塑像。美軍記者不解地的問遠征軍指揮官：「為什麼要讓這些孩子上戰場，他們是這個國家的未來啊！」指揮官沉默了一會兒，回答說：「仗打到這個份上兒，如果他們不上戰場，這個國家就沒有未來了！」

導覽又指著榕樹說，它是其中最具代表性的一棵，當年它就是長在個位置沒有被移動過，樹身被日軍強大火力掃射過，佈滿了槍傷和彈痕，樹的底部被炮火炸開了一個大窟窿，其他的三棵也在旁邊，我們沒有走近細看，因為這一棵傷痕累累的大樹足以說明了一切。

一九四六年雲南大學方國瑜教授來到松山做考察，從這一棵樹上取出四十六顆彈頭，也鑑定砲火煙硝的痕跡。這四棵沒有被強大火力毀滅真是奇蹟，它們昂然佇立了八十年，似乎在告訴世人，中華民族在敵人的鐵蹄蹂躪下絕不會屈服，它們的遭遇如同歷經八年抗戰的國人，曾歷經的那一段慘烈歲月與歷史。

我想到這些帶著傷痕的樹木，八十多年前一定不是如現在高大的成樹，它們無法避免的挨受砲火子彈襲擊，僥倖存活下來，在巨大戰爭車輪輾過的同時，無分男女老少也將面臨死亡與威脅，這就是「覆巢之下無完卵」的真意。我們一定要來，除了祭奠對中華民族偉大貢獻遠征軍戰士們英靈外，也在昭告後人，保存國脈的抗日戰爭，是中華民國國軍功勳，千里迢迢重返抗日戰場，就是此行的意義。

龍上寨的手工抄紙

大陸滇西高黎貢山的界頭鎮，下轄新庄村「龍上寨」，是一處傳統紙工藝保存地。

村上多數人家仍按古法做手工紙，當地稱為手抄紙，就是用網板將紙漿撈起，再剝下貼於牆上晾乾，或在加熱後的鐵板上烤乾，只有極純熟的手藝才能完成。其中涉及了砍枝、剝皮、浸泡、漂白、蒸煮、搗碎，槌打、製漿等一系列工序，做出來的紙才有韌性與防蟲的特性，它被指定運用在中藥包裝、捆鈔票、火藥引線上，而最重要功能仍是書法繪畫上的使用，屬於高級紙材。

二〇一六年我隻身來到新庄村，住在山上一農民家，當地人知道我來旅遊兼寫作，看我對傳統工藝有興趣，他們告訴我「龍上寨」有一座「高黎貢手工造紙博物館」，於是問明方向騎著機車迤邐下山，經過黃中社、鄉政府、衛生所，大約十五分鐘後來到博物館。

這是一座連三棟兩層木造屋，材料用當地盛產的杉木建成，博物館內共設計了六個展廳，下層除有廚房外，各室陳列著抄紙古老工具及成品，上層一處較大廳室可供教學、議事、講座之用。兩側有四間套房及開敞的品茶小座，四周則是綠野田疇，木造村寨。坐在座椅上，透過窗戶向外望，藍天潔淨與白雲浮翩、及遠處高黎貢山雄偉山影，真是美不勝收讓人心曠神怡。

這一座私人博物館建成之前，鄉政府趙明剛支書，請來騰衝電視台製作了一個專題報導，並深入各家拍攝製作工序，並由資深師傅作講解。節目推出後獲得廣大迴響，之後保山、雲南電視台，以及中央三台都陸續播出這個專題，帶來了參觀造紙工坊的遊人，也促成當地催生博物館的構想，於是從選地點、拆老屋、設計樣式及施工，共花了五年時間建成，開放後，首位館長是由耆老龍占先出任，後繼者是由留英返國的劉看看接任，劉館長想法新穎、理想高遠，設計了一系列活動讓博物館發揮功能，因而聲名遠播，自此參訪的人愈來愈多，甚至有國外人士到場參觀。

我就是在這個時間來到龍上寨，看到傳統工藝被保留與推廣。由於館長及職員親切熱忱，展示廳又收藏了許多文獻書籍，自此就常參與他們的活動，甚至中餐也來搭散伙，一份肉蔬及湯飯，僅付十塊錢人民幣，菜色比農家要好得多。我常在上午進館，打過招呼後上二樓小座品茶、寫作，並由高處欣賞高黎貢山農村美景，我慶幸能有一個談文論藝的歇腳之處。

隔年冬日我又來到山區。一日天氣陰沉，我來到博物館，適巧一群美國團來參觀，十多人剛下中巴，我看人多沒有進去，改去欣賞抄紙工坊內的書法。牆上掛著來自各地書法家，用新造出的紙現場揮毫，並留給店家做紀念，確實是紙墨結合的文化交流，這些人是專門挑紙來的，工坊也接受他們指定造紙。參觀完後我走進博物館，館長交給我一張黑白照，居然是美國遊客拍下騎車的我，這一張照片氣韻及背景都很好，之後我將它做成拙著「旅行散記」封面，頗具紀念價值。

一天我借用館內廚房做水煎包、廚房缺油，職工幫我借來一大碗黑色菜籽油，煎出來的包子呈金黃色香味四溢，我感覺味道不錯，但卻沒想到此地是以米飯、米線、餌絲為主食，對麵食水煎包完全不感興趣，這才知道南米北麵飲食的差異。又一次我借農戶大灶滷了豬頭肉及大腸，除分享農家朋友外，也拿了一些到館內請員工們品嚐，這一次滷味大受歡迎，一家工坊兼小館的老闆夫婦想學，因為山區確實沒人做滷味，我請他們挑一日備好材料，我過來教，但是手抄紙工作實在太忙，直到我離開他們也沒機會學成。

深入山村待久了，當地文化與工藝逐漸熟知。龍上寨手抄紙工藝約於五百年前，從湖南地區遷入，祖先把家鄉傳統造紙工藝帶到此地，並利用遍山構樹做為原料，相對於其他地區以竹子做原料品質更佳，甚至畫馬名家徐悲鴻對「騰紙」也有很高的評價，現已被列為「非遺」文化。目前各家造紙都有自己的訣竅和心得，當地人稱為「方子」，只在親族內流傳，對於村外人則是保密的。而除了造紙之外，現在更研發出傘具、燈籠、燈罩、扇子及文創等用紙，並將產品外銷至日、韓等國，前景十分看好。

至於為什麼村名被稱為「龍上寨」呢？這是因為龍姓家族人口增長後，一批人另遷他處，稱為「龍中寨」，就有了上、中兩寨的區別，對於我這異鄉遊人來說，都是很新鮮的村寨名。走訪滇西山區，不只身處明山秀水沒有污染的大地，更能接觸到古樸的傳統工藝，是我旅行最大的收穫。

山中無曆日

二〇二四年二月底，我又來到西南邊城。這一次由北京飛昆明，再換機到騰衝，隔日搭城鄉公車，沿途在豔麗油菜花田伴隨下，一小時後到達高黎貢山麓，朋友已在路旁等著，坐上車來到山區護林站旁，海拔近二千公尺，一個遠離塵囂只有杉木林場圍繞的獨棟山房。

這是春寒料峭的季節，白日溫度達十八、九度，日落後氣溫下降，到夜裡僅剩四、五度，清晨主人起床先燃柴火，以抵擋日出前的低溫；山房外油布蓋著數噸木柴，這是保證度過冬春寒冷必要物資，一天所需的熱水，都是從火塘上燒開的壺中取用，飯後烹雷響茶及煎中藥也少不了它，尤其在雨天氣溫驟降時，這個能烤火的火塘就更能發揮功效了！

當晨間第一道陽光射入屋內，光影由屋樑縫隙穿進屋子，產生如電影放映般的光束，顯出層次及立體感。這時護院犬開始屋外巡弋，雞群也從籠裡被解放出來，在野地溪邊啄食好不悠閒。山區牧人趕著牛羊經過山房，領頭羊鈴聲叮噹作響十分熱鬧，牠們將在山上待一整天飽食遍地野草，直到夕陽落下方才歸返。

山房簷下掛著臘肉香腸，引得貓咪上竄下跳，但是主人早已作好防備，以致牠們始終偷吃不著，急得喵喵直叫。院子地上堆著剝下的菜葉外層，準備切碎餵食被圈在木棚內的牛隻。山舍的桿秤、柴刀、木槌、簑衣、笤帚、洗臉架、籮筐器物多已被外地淘汰，但是在這裡仍然發揮它的功能，而且用起來十分順手，即使輕便價廉的塑料成品也不能替代。

農村有幫工的習慣，主人由山區載回枯木，請來親族侄甥幫忙劈成木塊，主婦烹煮三餐供年輕人食用，菜餚會比平日豐盛些，兩人幹了一天重活已把上噸木柴劈完。晚餐後，他們留下喝本地茶吃水果，與主人說著白話，接近亥時摸黑騎車下山，完成一天山村頗富人情味的幫工。

我背著陽光坐在院中看書，這是初春氣溫仍低時最好的享受，不一會兒已全身暖和。我偶爾起身朝戶外走去。這裡除了護林站外沒有其他建築，只有滿山樹木和岩石。杉木上掛著蓋著布的木箱，這是當地人用來養蜂的箱子，野蜂會自動尋到此處把它當做家，沒有多久就能採出上好蜂蜜，甚至用蜂巢熬煮的蜜蠟，它的用處是能抗菌消炎、解毒止痛、潤膚美容、保養家庭工具等，這是在城市裡絕難看到的稀罕東西。

高黎貢山的泉水供給生命的泉源，幾只木桿送來電力不致與外界隔絕，空地菜畦讓盤中不缺綠色蔬菜，遊走雞隻產下的蛋提供營養，放養雞隻更成為親朋來訪的佳餚；山區的生活簡單、自在、純樸，自食其力無所求。他們從未清閒過，總有忙不完的雜活，但是綠色大地、新鮮空氣、合適氣溫與健康食物是都市難以得到的，住在山房裡一個禮拜，我悠游自在的散步，閱讀及應邀到村寨做客十分恬適；這裡沒有高樓大廈車水馬龍的擁擠，除了忙於農事外，心態上都無所爭，我想起了唐．太上隱者的《答人》：「偶來松樹下，高枕石頭眠。山中無曆日，寒盡不知年。」春天山中大石冰冷的難以枕眠，但自在悠游的確實已不記得「今夕是何夕」了？

界頭花海節

春天蒞臨萬物復甦，高黎貢山區萬畝油菜花田，開的金燦奪目美不勝收。雖然夜半氣溫仍低到四度，但是太陽出來後氣溫迅速上升，中午時已達二十度，就是在這樣的季節，界頭山區已卓有名聲的花海節，在沙壩與新庄村展開，前者是主會場，後者是第二會場，但是由於在「高黎貢手工造紙博物館」旁，也吸引了不少遊人觀賞。

沙壩村的主會場預備下午一點開始，十二點正我騎車從山上下來，沿著半山腰白果村，經過「千年銀杏」古樹到達會場。在這海拔近二千公尺的山村空地，搭建一座寬大舞台，四週圍繞著各種遮陽商攤，我佇立在雄山與花田中，近看這傳說中「滿目金黃香百里、一方春色醉千山」的油菜花海，是怎樣的情景？

此時離節目表演尚有半小時，各種小攤子在忙碌準備著，至少有三家把鵝運來並圈起來，讓民眾玩套鵝脖子遊戲，丟環距離伸手可及，但是鵝的脖子會轉動，所以並不容易套上，攤主好整以暇的坐地收費。至於用水球、空氣槍砸射獎品的攤子也不少，與我所見夜市遊戲相差不大，並沒有新鮮感。

但是小吃攤就有地域特色了，像緬甸甩粑粑、傣族撒撇、烤蕎粑粑、涼粉、糕粑、各種米線等，都是以大米做成的食品，合乎本地人口味；另外也有蒜香豆腐、冷兔肉、春雞腳、烤乳豬、烤肉串、鐵板燒、漢堡包、冰淇淋等外來食品頗受歡迎，至於老少婦女隨地擺的毛線鉤花、冰西瓜、飲料攤也不少，這是藉著花海節遊客臨門，農村人抓緊機會發一筆小財，一個禮拜的節日過後，這裡又將恢復清冷寂靜狀態了。

這一場依托雄偉高山及十五萬畝油菜花田的「花海節」，絕不同於「博覽會」、「世貿會」、「展示會」等室內館場的展覽，而是眼看青山綠地與繁花的山區活動，人們身處在美麗大自然環境中，有一種身心舒坦心情暢達感覺，而原本種植的油菜，是為種子榨油、枝桿作肥、花葉可食的多重效果，但大面積種植後，每逢二、三月花開時，滿地的金黃色花海極具觀光效益，因此多年前騰衝就打造了「界頭花海節」，以「綠色生態經濟」農業產業鏈，為鄉村振興做出了貢獻。

最讓我心動的還是百姓與外地人的互動，他們原本不是商賈，只是趁機兼賺一些小利，因此在攬客時帶著羞赧心態，絕不會像城市店家的口唇磨工，讓人消受不了。在這裡可以感受她們的純樸好客，所出售的手工藝品價錢低廉，自製食品讓人試吃，不買也不會窮追猛打。甚至一天只有八十元的清潔婦也是笑臉迎人的招呼客人，而本地姑娘身著民族服裝不拒遊客拍照，處處都顯示著親切善良，這是人美花嬌的鄉村活動，讓遊人開懷不已。

舞台上村寨的文藝隊、少數民族歌舞專場陸續登台，舞者與歌者都是服裝豔麗、熱歌勁舞帶動氣氛。這是一場健康的戶外活動，賞景、觀表演、吃美食，融入了在地文化。節目表上寫著晚上七點篝火活動開始，但是夜晚氣溫逐漸下降，山區沒有路燈，只好放棄入夜活動，在陽光西斜當下騎車離去，結束了讓人難忘的山區「界頭花海節」。

董家溝28號大院的遺憾

四十人座大巴車，在保山到龍陵320國道中行走。高原公路修得很好，除了高低落差稍大外，行車大致平穩。車行穿梭在高山深谷中，益發顯得景觀壯麗與美秀，使我陶醉在天高雲低、綠野村寨的美景中。在急速下坡轉彎時，也感到片刻離心力帶來的驚悚，與我熟悉的寶島山路不同，這段公路在急下坡路段，主道右方常設有「緊急自救」緩衝道，為車子煞車失靈預作避難準備，以免造成車毀人亡的悲劇。

七十一公里的路程很快就到達，導遊小趙告訴大家，已經來到龍陵縣董家溝28號「日軍慰安所」，它是滇西松山戰役中一處舊址，是日本犯下戰爭罪行中最有力的證據之一。慰安所藏身於一條小巷處，佔地八四二平方公尺，全院大小房屋二十三間，為土木結構的中國傳統「走馬串角樓四合院」，她方說完車子已經停下，大家魚貫下車，現場解說員已在大院前迎接我們。

大門口水泥碑上顯示，一九四二年日軍佔領龍陵後，強佔這所民居為「軍人服務社」，它是日軍所設慰安所中最大的一所，他們把將強擄來的日、韓、台灣及東南亞婦女輪訓後，專供日軍官兵淫樂，成為受害的性奴隸。直到一九四四年遠征軍收復龍陵前，為銷毀證據，竟全數將慰安婦槍殺和用強迫服毒方式處死，但是日後在現場挖掘出來的相關物證，及倖存者韓籍慰安婦返回現場指認無誤，日本軍國主義所犯下「反人道罪」證據昭然若揭。

經過六十三年的漫長時光，董家溝慰安所早已破敗不堪，許多屋舍已經坍塌，因為沒人整理，院內的雜草長得有一人高，屋樑結構嚴重傾斜變形，氣氛十分淒涼詭異。二〇〇五年屋主的後人董桂鶴，代表家族將這所百年歷史、抗戰期間被日軍侵佔的老宅無償捐給保山市政府，成為該市「文物保護單位」，以後再被確定為「愛國主義教育基地」。二〇〇九年以「修舊如舊」原則，把宅院按照當年「慰安所」模樣修繕恢復，成為「侵華日軍慰安婦制度罪惡展覽館」，讓日本侵華罪孽的證據永遠在世人面前無所遁形。

我們隨著解說員的引導，一間間的參觀。首先進入眼簾的是掛在一樓「慰安所規定」告示牌，以日文混雜漢文，寫著官士兵入場時間及相關規定。一旁掛著「若春、香織、順子、夏樹┅」等十多名慰安婦花名牌，似乎述說著當年不堪歲月。另一處空間設有一具「歷史恥辱柱」，上面鐫刻著「安慰受難 祈愿和平」字樣，提醒日本軍閥曾經大規模、有制度的凌虐女性、扼殺人權的恐怖行徑。至於「慰安婦檢查室」、「軍官侍浴室」擺設當年檢查台及簡陋浴盆，解說員一一作還原解說。

踏著陳舊木梯來到二樓，這裡被佈置成「日軍慰安婦制度罪行展覽館」，一共有四個展廳，分別以「導言」、「日軍侵佔滇西」、「滇西日軍慰安所的設立」、「董家溝日軍慰安所」、「慰安所的消亡」等主題，詳細說明慰安所的悲慘歷史。展覽館中以文字、圖片、地圖、當事人照片作系統的主題展示，其中掛有一幅中條英機的戎裝照，旁邊赫然貼著日本「每日新報」上「軍慰安婦急募」的廣告，內容指出徵募者部隊、徵募資格、募集日期、出發日、契約待遇、募集人數、受募點地址等，其白紙黑字的證據一覽無遺。

展示牆上醒目的「慰安婦募集方式分析圖」吸引了我的目光，圖上顯示募集方式有：「強擄、誘騙、征召、俘獲」等四種方式，其中東南亞、佔領地、俘虜、難民之女性屬強擄而來，供給士兵淫樂；東北、台灣、朝鮮女性屬強擄或誘騙而來，供下級軍官淫樂；而徵召來的日籍女性則專供上級軍官享樂之用。將女性分類及以日軍階級作區別，無異將這些可憐婦女比作牲畜驅使，其罪行如滔天之大可以確定矣！

此次抗日戰爭紀念協會團員，在看了董家溝慰安所後，不僅詫異震驚，也慶幸能看到一所真實有憑有據的慰安所舊址，僅管它是在破敗建築中被修復保存下來的，也足以證明日軍的罪行，天理昭昭不容狡辯。歷史不該被遺忘，尤其對中國戰場三千五百萬死難同胞，以及被強擄誘騙的台灣女性同胞而言，必須有一個公平正義的對待。在台灣慰安婦話題，被親日的執政黨遮掩粉飾，甚至誣指其為自願者，這不諦是再度傷害被受害的她們，日本及台灣親日黨難道沒有母、女親人，能接受這樣的欺騙與卸責嗎？

「董家溝 28 號大院」何其遺憾，這一所純樸的傳統民居，在歷史的巨輪上前進，不幸遇到日軍侵華，被強佔作為「日軍慰安所」，從此烙下了恥辱印記，以致抗戰勝利，其族人也因它載負的罪孽不再入住，但也無法選擇遺忘・直到捐獻出去，讓它成為侵略戰爭中日軍罪行的展示點，千萬年後仍然被釘在人們的心頭。如今大陸恢復慰安所舊觀，教育民眾往事不可忘記，也為戰爭期間死亡的軍民伸張正義。我們相信，抗日戰爭協會一行往返五千公里，來到「董家溝 28 號大院」參訪，一定有它的意義存在。

邊城的皮影戲

雲南騰衝離市中心一公里處有一座東湖，又名歡樂湖，湖水波光瀲灩清澈遼闊，湖畔垂柳隨風款擺婆娑多姿，野鴨隨浪起伏悠游自在。依湖而建的亭台水榭造型傳統優美，湖的一岸設有沙灘供孩童玩耍，它更考慮各年齡層需求設計的頗具巧思。湖的另一側則是「高黎貢文化創意產業園」，是邊疆民俗文化的展示區，有書院、玉石、竹編、油紙傘、手抄紙及皮影戲館等，另外還有一座夢幻騰衝大劇院，演出著邊疆人民冒險走夷邊故事，看罷能瞭解極邊之城的百年發展歷程。

我走進了「劉永周大皮影戲館」，館內有各種皮影角色造型，及一間教學工坊。皮影戲發源於漢朝，唐以後流入民間，俗稱「影子戲」或「燈影戲」。據史料記載，中國皮影戲發源於陝西華州，它是以剪紙人物為造型，借光影於窗上進行表演，後又借鑑木偶戲的表演形式，待劇種成熟後，以通過燈光把雕工精巧的皮影角色映照屏幕上，再由表演藝人在幕後操作影人，伴之音樂和演唱，完成獨特的民間戲曲藝術，它是世界上最早由人配音的活動影畫藝術，因為具備光影投射、音樂配音、皮影人動作來演繹劇情，因此有人認為它已具備現代電影的雛型。

騰衝地區皮影戲約在明朝洪武年間，由中原及湖廣戍邊兵士和移民帶入，到清嘉慶年間，該手藝傳至騰衝縣固東鎮的張、李兩位藝人手中，他們勤操苦練，終至技藝精湛盛名遠播，四鄰爭相邀演。此時劉家寨的年輕子弟，在其演出時偷學技藝，並私下以牛皮雕鏤人物造型，但因過於粗糙且不懂上色，以致上不了戲台，也留下「劉家好子弟，典田賣地學唱戲，敲著羊皮鼓，唱得貓聲狗氣。」的笑柄。

及至光緒年間，劉永周的曾祖父拜張、李兩人為師，正式學習皮影製作及表演技藝，並對此項藝術做了增減及改良，確立了統一和穩定模式，其後再傳至其父祖，殆傳到劉永周這一代，無論演技、唱腔、雕繪及札靠都達到顯著水準。然而為什麼被稱為「大皮影戲」呢？因為比起陝、晉、甘等地的皮影，邊疆皮影的高度在八十公分、牛皮既厚又挺直，雕刻後呈現粗獷、厚實、淳樸的風格，相較北方小影子戲的精雕細鏤要大氣的多；演出時，再融入道教音律莊重的洞經音樂，成為有別於他地的特色，歷經四代一百多年的發展，取得了極高的藝術成就，二〇〇七年被公佈為「雲南省非物質文化遺產」及二〇一二年「國家級非物質文化遺產」殊榮。

邊疆地區早年因交通不便，與他省交流較少，地方劇種很難發展起來，幸好明、清兩代傳進了皮影戲，融合當地特有文化，加上幾代藝人的努力，終使皮影戲成長茁壯，成為邊陲百姓的重要娛樂。而無論皮影、偶戲、布袋戲的特長，就是以手藝製作出角色，復以藝師幕後操作及音樂配合，表演一齣齣好戲，不拘於場地大小，且演出完畢收拾裝箱繼續行程極為方便，這些由人為製作出的角色，沒有脾氣不需吃喝，在布幕前靠藝師手藝讓它們活靈活現，像賦予了生命一樣動人。

這種三、兩人的戲班，由藝人師傅挑著擔子走南闖北、衝州撞府表演，為各地民眾帶來娛樂。之後，因四大名著及流傳小說中的故事，被編成劇本傳達到民間，即使沒讀過書的村夫村婦，亦能對中國傳統忠孝節義故事耳熟能詳，也樹立了正確的為人處世觀念，是一種無形的教化，其價值不可小看。

二〇二三年騰衝端陽花街在硯湖公園開市，夜晚該劇團有一場演出，劇目是「鶴與龜」和「大救駕」，現場觀眾擠的水洩不通，我坐在第一排仔細觀賞它的表演，看到如卡通般龜鶴靈動的演出，以及皇帝遭難到民間，在累餓中吃了百姓用餌塊炒的食物讚不絕口，遂賜名「大救駕」，如今成了騰衝一道美食。而皮影戲以民間傳說編成此劇十分有意義。在演出過半場時突然天降大雨，但是觀眾卻捨不得離開直到劇終幕落，這樣熱情的支持地方劇種，促進了良性互動。如今二百年過去，皮影戲並未因電視、電影強勢傳入而沒落，因為它代表了傳統、老藝人精湛手藝及幕後耐聽的唱腔，終能在 21 世紀仍屹立不搖。

馬幫大院

中國滇西騰衝市有著多種名號，如：極邊第一城、華僑之鄉、邊塞江南、玉翡翠之都、抗戰光復第一縣、胡煥庸線南端城市，和最近因旅遊興起，被文化人稱為「遺落邊疆的一本漢書」，其中以明旅行家、探險家、地理學家徐霞客所稱的「極邊第一城」最為響亮。

根據徐霞客遊記中所記：「騰衝以地多藤，原名籐州，衝意為西門戶」。在明朝年間騰衝有一座石頭城，派有重兵防守，當時它是西南境內最具規模的邊防城市，因此定下了「極邊第一城」稱號。歷史長河走入 21 世紀，石頭城已然消失，但南方絲綢之路在這裡留下了遺跡，這就是因貿易興起「走夷方」，闖出來的西南絲綢之路。

二〇二四年春三月，我隻身來到該市綺羅小鎮，它是一座古老村寨，保留了百年屋舍上百棟，有道是：「騰越文化看綺羅，綺羅文化看馬幫」。我走過高大槐樹、巍峨建築，石板路，感覺到它的滄桑遺韻。一座木造小賣舖吸引了我的目光，它就像一個龍鍾老人，臉上佈滿了歲月痕跡，身體也巍巍顫顫，卻仍挺立著沒有倒下，而它至少已歷三代人百年歷史。它靜默著看著世事變化，販夫走卒、升斗小民、兵痞土匪、甚至成隊馬幫從屋前走過，而今這些影像與人物消失了，但它卻仍矗立於路旁，絲毫沒有退讓之意。

離它不遠處，馬幫大院赫然出現，我曾經到過此地，卻是第一次走進這裡，當年的疏失讓我感到不可思議，但每到一處就是驚喜。進了大門穿過土牆，壁上掛著黑白照片及馬幫器物，訴說著它們穿山越嶺、懸崖急流驚險商貿之旅。馬幫是當年交通不便下的產物，由此帶去了茶葉、絲綢、煙絲；帶回的是玉石、香料、洋布及棉紗，南方絲綢之路在騰衝至少留下六處遺跡，是寶貴的文化遺產。

馬幫大院早年是一所驛站，它是由二座四合院組成，古宅木頭都是當年從緬甸運回，至今仍保存良好，見證了驛站曾經的繁華。而僅由外面看，它卻像一棟大戶人家，走進去才發現迴廊曲折，別有洞天。裏面計有古物展示廳、現煮老茶館、滇西特色餐廳、傈僳族雪花銀、翡翠玉石、賭石店等。開闊的院落擺放了馬燈、馬鞍、馬鈴、馱架等器物，閒步慢看像走進了時光隧道。走出邊門發現一開闊庭院，在芭蕉、竹林、檳榔樹叢中，搭建著石桌石凳，木製階梯、小溪水車等，而眼前俱是綠色植物，空氣清新的讓人感到舒暢，於是在亭中小坐片刻，享受著清幽恬靜的休憩。

騰衝人有走夷方的習俗，就是成年男子結婚後，要到被稱為「夷方」的緬甸、泰國、印度等地闖蕩，完成至少一次走夷邊經歷。如果不肯走夷方的人，會被視為不敢冒險欠缺進取心，為人所瞧不起，這也符合中國人「富貴險中求」的古諺。而走夷方成功的人，成了商賈大富，返鄉後蓋宅邸、修橋舖路、造福家鄉。當然也有路上遇險客死異鄉，在家鄉的妻兒仍望眼欲穿的等待，這些不幸的事也不少見。

馬幫的組成分為「專業幫」和「拼伙幫」，前者係一單獨長期經營的隊伍，後者是由兩個以上不大的馬幫合伙組成，其中關鍵人物就是「馬鍋頭」，他的經驗、人脈、處理危機的反應都是這一行的翹楚。在這個冒險夾雜著神秘的群體中，非常講究規矩、而且不能犯禁忌。譬如行路一天後歇腳，必須先卸下騾馬身上貨物及攤行裝備，在人吃飯前先餵食騾馬草料，然後讓牠們在附近活動。

每日天色昏暗前，必須盡力趕到「窩子」，在天黑前完成生火做飯工作，伙伴分工搭建好窩篷，煮飯時鍋灶必須正對前行路的方向；開飯時，馬鍋頭坐在飯鍋正對面，面對著前去的方向。吃完後鍋子不能倒放，翻鍋就是犯了忌諱，犯錯的人小則罰錢重則逐出隊伍。

隔日天一亮，先要找回附近的騾馬，拆卸好帳篷與貨物一起綑妥背上，再次往目的地前進。這一趟路程視距離遠近，少則一個月，多則半年甚至一年才回來，可以說是辛苦備至，而且常伴著艱險，唯有靠馬鍋頭豐富經驗，與同伴的合作才能完成一趟長途運輸。這樣的生活也創造出該地區獨特的食物，如「趕馬肉」、「牛乾巴」、

「雷響茶」等，由於雨季在夏季發生，深山密林間保暖就特別重要，在窩棚裡休息時，必須燃起篝火，烹煮食物、烤乾衣物及製雷響茶等都少不了它，在夜宿時保暖身體及驅趕野獸更是重要的功能，隔日滅火除餘燼是基本工作，「小心能駛萬年船」是他們奉行不渝的鐵律。

馬幫行業離我們遠去了，它留下的歷史文化與貿易通道，影響卻是久遠的，它是一種粗獷、冒險的邊疆文化，行至今日，邊城運輸雖已被公路貨運取代，但「走夷方」的刻苦冒險精神，卻仍留在當地人基因裡代代嬗遞著。

紅河州開遠市遊

旅居英國的雲南籍杜女士，在臉書上看到我寫她家鄉，常在拙文下留言補充，文筆流暢見解深入，確實比我這外鄉人地道的多。一天她流覽我介紹「九旬幼年兵的奇緣一生」及「從盧溝橋到國殤墓園」兩本書，希望能買來送給家鄉的老父親，我如她願寄出了書，並另贈一本拙著「眷村—我的故鄉」，因為她父親是軍人出身，對抗戰及國軍題材很感興趣，於是我們有了聯繫。

她在臉書上留言給我，春節後要從倫敦返回老家，如果我在滇省可就近過來旅遊，我算了一下時間確實有空，於是約好三月中往該市一遊，接著她又傳來安排的行程，在我到達後當晚看開遠市夜景，隔日去「大鐘樓」博物館，中午參加她的同學會，並拜訪該市古物收藏及攝影家，並應我要求拜訪她九十一歲老父親，我非常感謝她的細心，在她省親緊湊時間裡，為我的到來如此大費周章。

二〇二四年三月十二日上午九點，我由保山搭動車到達昆明，同站轉車近下午五點到達開遠站，當地仍是太陽高照。走出閘門見三位女士在出口處等著，原來她請同學開車來接我，開啟了我在紅河州的旅遊。這個小鎮以前並未耳聞，但是一經介紹即為它的背景感到驚訝，它是晚清滇越鐵路上的重鎮，很早就接觸了西方文化，而我卻對它一無所知。

開遠市，是滇省紅河哈尼族彝族自治州縣級市。南接蒙自、箇舊；西靠建水、北鄰彌勒，是滇東南地區的交通要道。在元、明時期設阿迷州，一九三一年蔣子孝縣長，以「四面伸開、聯結廣遠」之意改名為「開遠縣」，杜小姐與其同學所讀的就是阿迷縣立中學校，該區海拔一〇五〇公尺，城市綠化達百分之四十六，具有眾多自然及人文景觀遺跡，著名景點有南洞風景區、開遠長虹橋等。

當晚同學請她吃晚餐我也隨行沾光。四個人在小館裏邊吃邊聊，才知道開遠是工業城，有著露天煤礦及錳銻金屬等共十五種礦產，因位處滇省東南部，氣候比滇西要熱，該市房價及消費不高，人民有著極高的幸福感，市內公園及公共建設都很到位，今晚吃飯的餐廳就在瀘江公園內，所經之處果然花木扶疏、環境幽靜，讓人十分喜愛的一座小城。

隔日吃了一大碗米線當早餐，我們到達大鐘樓(鳳凰樓)博物館，是由設計與執行的主管陳秋琪女士陪同，她倆是同屆同學，此次參觀，該班共來了七位同學，一起聆聽解說員介紹開遠市歷史。鳳凰樓屬歌德式建築，造型獨特氣勢恢宏，鐘樓佇立在廣闊的生態園區內，到處種植花木，此正值春季繁花似錦，且遠望四周眼界遼闊，景色怡人。館內建有開遠記憶客廳，通過「開遠印象」、「輝煌開遠」、「紅色記憶」三個篇章向遊客展示開遠市的人文歷史，整個展館都是由陳小姐團隊設計，有著歷史、人文及濃濃的復古味道。

由導引中我們得知，八百萬年前古猿在開遠繁衍生息，歷經夏商周之後，至西漢時屬益州郡，再經宋元明清走入近代；19 世紀末期，西方列強法國，看上雲南的礦產及物資，於是從一九〇一年開始建滇越鐵路的越段，接著一九〇四年建滇段，終於在一九一〇年全線通車。這條鐵路起於昆明北站，終點位於越南海防站。鐵路全長八五九公里，(滇段四六五公里，越段三九四公里)，它的軌距較窄為一千毫米（一米），故被稱為米軌鐵路，它是殖民者掠奪雲南礦產的通道，成為「插在雲南的一支吸血管」，也是一條染著中國工人血跡的屈辱史，中國建政後，一九五八年滇越鐵路滇段改稱「昆河鐵路」並於七月一日正式營運。

由於滇越鐵路的通車，帶來了西方較先進的文明，除了火車外，諸如電燈、火柴、噴泉、雅座、俱樂部、醫療衛生，西式飲食也傳進開遠，當地因法國管理人員及眷屬進住，於是有了洋人街的興起，在當時確實在其他地方少見。陳小姐又說了一段讓大家都感到驚奇的話，她說：「當年清朝皇帝在紫禁城還在點蠟燭照明時，開遠人已經在電燈下喝著咖啡了！」可見此地受西方文化洗禮較早，但是這些物資文明卻是拜沿線豐富礦產所賜，中國是用巨大物產與主權屈辱所換來的。

在台灣讀書時，歷史及地理課本曾讀到過滇越鐵路，但是它只是眾多學科中驚鴻一瞥的帶過，沒想到數十年後，竟然親自來到開遠市，看到鐵路的滄桑史與後來的發展，也當下明白，滿清末年中國因落後所遭致的苦難，甚至因滇越鐵路具國際運輸功能，抗戰時亦遭日機輪番轟炸損失至鉅；大陸改革開放四十年經濟起飛後，國力已不可同日而語，現在所看到的是繁榮、有歷史印記的開遠，充滿了自信與成熟。今天在紅河州特色餐廳裡，我這遠來的台灣同胞受到熱忱接待，甚至彝族同胞以當地習俗，為我扮上「土司」過了片刻的「土皇帝」癮，這一段滇越鐵路的歷史與開遠市的經歷，使我的大陸之行更加豐富與難忘。

山區農民的智慧

走進滇西山區，看到與外地不同的風貌與建築，許多器物早年是依當地需要研究出來的，三、五十年前的舊東西，如果現在仍在使用，就能肯定它具有強大的功能性，這也是前人留下的智慧。

這裡大部份人不是養蜂專業戶，沒有數量龐大的蜂箱，只是如同養雞鴨般放幾個箱子，他們把頹倒的樹幹鋸成一截截，挖空內裡綑在樹上，當蜂群數量過大需要分家時，就會找到掛在樹上的蜂箱，以此當做自己的家，每天外出採花粉在箱內釀蜜，不用多久，農民就有質純味美的蜂蜜可吃了。

蜂蜜取出裝罐後，他們把蜂巢攪碎放入鍋裡煮沸，熬成粥狀過濾雜質，趁熱揉成球狀，基本上蜂蠟就製成了；它可以保養機具、製成蠟燭、保養木質器物、摻入手工皂裡；而化妝品裡的冷霜、唇膏、髮油、口紅等，更是少不了蜂蠟，它是天然品不會傷害皮膚，冬季塗抹在皮膚裂口上更是防凍良品。滇西地區在製作粑粑食品時，先把蜂蠟抹在手上就不會粘手，可以說蜂蠟的用處很大。

農民利用遍山竹子剖開分條後，以純熟的技巧開始編製背簍、畚箕、竹簍、捕魚器等各式成品。背簍刷上透明漆作保護並穿上背帶，就可以拿到集市上販售；講究一點的工藝，是採集山區有色植物塗在手編器物上，不僅色澤美麗，也能增加使用年限，這種細緻又費工的活需要極大耐力，農村人在閒暇時做手工品，在五天一市的「街子天」上販售，除了能打發時間外，還能增加收入，這也是它們不辭勞苦編製器皿的動力。

另外，山區生長一種麻竹，是編製草鞋的上等材料，因為只有它最耐磨，穿上後，在荊棘叢生的山野不致被扎腳、滑不溜丟的岩石上能夠止滑。據農村木匠黃大國先生所記，近七十年前，他因家裡貧窮，常無錢買米遭致饑餓，於是大哥帶他入山砍竹，經過斬斷、火炙、刮皮、撕條、搓繩等工序，再編成草鞋拿到市集上去賣，就此解決全家吃飯大事。而用麻竹材料編草鞋，一定是經過多次試驗的結果，絕對比其他植物材料耐用。在農人無鞋可穿年代，前人憑藉嘗試打出草鞋，解決保護雙足問題是多麼高妙的智慧！

二十年前高黎貢山區不通電力，白日幹活尚不成問題，到了夜晚卻極不方便，於是有人找到一種飽含油質的油葫蘆果，把它曬乾，取出果核用鐵絲穿過點火，就能照明約二十分鐘，但因火焰不穩易致火災，終究不能常用。於是有人用竹材編出「油燈」，造型輕巧可愛，竹杯上可盛曬乾攪碎再蒸熟榨出的香果油，放入一根草芯，點燃後後就能照明，這種設有提把的竹燈可以提著走，也可以掛在牆上，解決了晚上照明問題，但是它的缺點是只能在室內使用，一出門火就被風吹熄，而且屬於易燃品，對山區木造房及森林產生威脅，目前已成老古董掛在牆上聊以思古了！

最後要提的是簑衣，山區因農作需要，農民下田時都會穿它，防止高原早晚的低溫，休息時鋪在地上可以防潮，耕作時既保暖透氣也耐磨耐髒，穿著十分舒適。但是貧窮年代買不起簑衣，有人就用棕櫚樹皮作材料，再用自製鐵鉤當針，穿著鐵絲、麻繩一層層縫製裁剪終至完成。他們沒有費上一分錢，僅是剝取樹皮及花上幾天時間，就解決了農作所需，因為造型粗糙沒有上街販售，僅送給親友非常受到歡迎。如今塑料雨衣隨手可買，但是農民下田卻極少穿雨衣，因為它雖然輕便但不透氣，而且極易撕破，不若簑衣的舒適耐用。在農村簑衣已成必備品，與笠帽、草鞋並稱「農村三寶」，這是幾代人傳下的經驗，有它的實用性。

在沒有電力及機器製品尚未普及年代，這樣的生活智慧在農村處處可見，石質水碾利用水力舂米，節省了大量人工，另外如：石磨、木槌、葫蘆瓢、保暖火塘比比皆是，當地人帶我去看這些已被電力淘汰的早期農用品，讓我十分佩服農村人克服生活不便的精神。現今社會，手工農用品已逐漸被取代，但是不可否認的是，這些前人心血智慧的農用器物，能解決生活上的不便，山區人民在艱困年代生存下來，也是適者生存的寫照。

雨中即景

要搭機返台的前一晚，我由山區搭車到縣城，以免錯過隔日上午班機。縣城這個名詞如今早已改成「騰衝市」，但本地人仍習慣往昔的稱呼，要去市區都說「進縣城」，聽起來頗具古意。

遇上今年的第一場大雨，雨下了一整晚，直到清晨仍淅瀝不斷。因緯度問題邊城天亮的晚，七點鐘了天色仍然晦暗，看起來只有五點、六點光景。今天班機是九點二十分起飛，但絕不能拖延，趕忙走出旅館吃早餐，其實就是昨天吃晚餐的的這一家，我看到招牌上也有早餐，於是沿著屋簷避雨，閃閃躲躲的進入店家，坐下來點餐。

清晨客人只有我一人，顯然旅行的客人不願早起，大雨更讓人駐足不出，這裡是商店街，一般住家不會來此吃早點。我仍坐在昨晚的那一張小桌，因為昨天店家招呼親切，留下不錯印象，所煮的雞肉餌絲湯汁濃郁，吃起來很對味，距我住的旅店不遠，於是又來到這裡解決早餐。

他們有稀豆粉、油條、茶葉蛋、蕎粑粑、米線、餌絲等食物，至於他地常見的豆漿、饅頭、包子一律沒有，這裡是大西南邊城，主食以大米為主，要吃到北方的麵食幾乎難尋，於是點了愛吃的稀豆粉加上油條、茶葉蛋，坐下來慢慢用著早餐。

雨中閃進來一位穿著雨衣的男士，手裡抱著沈重貨物。進來之後，他將袋口撕開，然後往廚房一個桶子裡傾倒，原來是一大袋米，突然「嘩啦！」一聲，被雨淋濕的手沒抓緊米袋，一大半米粒滑出了桶外，灑了一地，他有些驚惶的連連道歉，蹲在地上用手捧起地上白米往桶裡擱。老闆娘過來說：「這個我們清理就好，你還要送別家的貨，沒有關係的。」

他連連躬身說對不起，然後退出了小店，發動摩托車，在雨中清靜的晨間離去。短短的五分鐘，我看到一段具有人情味的處事方法，禁不住和老闆娘說起話來。我說：「你對這一位送米工很和善，沒有任何指責。」她一邊掃著米粒，一邊對我說：「他是一位老實人，一早要送好幾家店的貨，我曾和他說過，東西放下來我自己倒進米桶，他仍堅持要做，今天頭一次灑出來，我不會怪他的，誰能沒有失誤呢？」

我點點頭表示贊同，做生意到了這個份上沒有客人上門是不可能的。老闆娘又補充說道：「他有三個孩子要養，就靠為商家送貨賺錢生活，做事勤快而且常為店家著想，口碑很好。」我想到這一位不多話的送貨男子，在米粒灑出的那一刹那，那張有些驚慌表情及失措的手足，立刻做出補救讓我印象深刻，但店家給了十分體恤的作為，讓旁觀的我頗有所感。

台灣流傳王永慶年輕時為人送米故事，他多長了一個心眼，在倒米之前先把米缸擦乾淨再倒入米。而下個月總能算準客戶的米缸即將出空，適時將米送來，他是否曾失手犯過錯誤不得而知，但日後他的發達與做事勤快用心，應該有很大的關係。

不知為何會連想到這個故事？可能都是送米讓我不自覺做了連結。我想男子騎車離去，是否在雨滴遮眼之時，仍想到自己失手的那個片刻，是懊悔、自責、在心底警惕自己以後要更注意。一位有責任心的人肯定會做反省，而他遇到的是一位心地善良的店家。

我居然化身成一架攝影機，將這片段影像記錄下來，在腦海中播放。我向老闆打了招呼後起身離去，行李早已收拾好，進了房間將它送到樓下，櫃檯沒人招呼，我將房卡置於檯上，推著行李攔下了「打的」，在雨中疾行而去，我想這雖是一件小事，但也看到了邊城的文明與素質。

滇西行

二〇二四年六月我帶領四位朋友，前往離台灣千里之外的雲南邊陲，與緬甸交會的芒市、瑞麗、騰衝一遊。盡覽高黎貢山壯闊之美，感受山區純樸熱忱人情；由於轉機問題，八天行程增加到九天，但回顧起來，可以說日日精彩，時有驚喜，原來並未被旅行社青睞的的滇西地區，卻有著自然不造作、外人少知的風貌與古蹟，絕不遜於「昆大麗」熱門景點。

九天行程計有：勐煥雙塔、貿易口岸、抗戰遺址、高原大橋、馬幫古鎮、火山熱海、普洱茶園、西董大院、胡煥庸線、濕地公園、山珍庄園、溫泉小鎮、抗日縣府、手抄古紙、千年銀杏、山村趕集及臨時加入的講武學堂、西南聯大和路經的史迪威碼頭等，範圍包含了歷史、文化、民俗、科學、地質、茶藝、傳統、國殤及古樹，可以說是深入在地與歷史結合的旅程，而高黎貢山、龍川江(入緬後稱伊洛瓦底江)、滇緬公路、怒江等地理名詞也鮮活的呈現在我們面前。

在瑞麗我們參觀了「一寨兩國」與「姐告口岸」，我們沒有想到，在遼闊的中華大地上，隔著一堵牆、一條線、一座邊防，竟能腳踏鄰國緬甸，甚至在「一寨兩國」及「姐告口岸」目睹面塗緬粉、膚色較黑、不同服飾的緬甸人，對四面都是大海的寶島我們來說，是一件稀奇的事。

我們在氣溫適宜的雲貴高原，海拔平均一六〇〇米的極邊第一城，沒有繁華的市鎮與過度商業化的景點，而是浸入馬幫走夷方留下的古鎮、石板路，也循著八十年前遠征軍浴血殲敵的戰場，憑弔他們。更近身觀察二十五個少數民族民情風俗，與不同於漢人的特色餐，更接受熱情友人四次宴請，同行的朋友說，我們不是在旅行是來探親。

「大塘」優質溫泉，讓我們恰逢大雨降臨時，泡了一個舒適的湯；界頭觀景台上俯瞰高黎貢山寨田園美景，這是一般遊客到不了的地方。也走進菸農家接受他們親人「幫工」做出來生態佳餚；飯後品嚐當地老友親自烹煮的「雷響茶」，感受馬幫人在寒凍山區煨出來可口茶飲，其中蘊涵了文化與冒險精神。「諭蘭庄園」繁茂的花果樹木，有四季如春的佳景，其野菌餐更是讓大家見識到什麼是「山珍」，雋永滋味令人難忘。

我們到達近幾年才開發的「瑪御谷溫泉小鎮」，與旅居遊客一起脫下鞋襪，用溫泉泡腳；更走進「北鄧故里」已沒落的馬幫村寨裡，參加五天一市的「趕集」，吃著平日並不營業，只在趕集日出現的「稀豆粉」，配上火烤的「蕎粑粑」，出了騰衝地區就不易見到的在地美食。我們東瞅西瞧的看著在外地早已失傳的「桿秤」，鉤起什貨為客人稱斤掂兩；我們更在午、晚餐中，安排了少數民族「手抓飯」與著名的「過橋米線」，此時我們才是鄉巴佬進大觀園，一切都看著稀奇，這不是觀光旅行，而是連接地氣的在地學習。

瑷琿公園的「胡煥庸線」讓我們增長了知識；「飛虎公園」裡的飛機與中美軍人塑像，過於單調且規模太小；「歡樂湖畔」吹著涼風閒步，一旁就是騰衝非物質文化遺產一條街，展示著皮影、紙傘、土陶、造紙、竹編、布鞋、蒿藝等民族工藝；「熱海景區」徐霞客留下了：「噴若發機，聲如虎吼」與「北海濕地」：「海子大可千畝，中皆蕪草青青，下如草浮結而成者……」的遊記；在龍上寨「結香人家 古法造紙」親自體驗手抄紙，發現沒有幾年功夫是一張紙也抄不起來的。

生長在白果村一千六百年的兩株銀杏是一個奇蹟，雖未臨秋，葉子未轉金黃，但是其中一棵曾被火燒出一個大洞，早年被農民在窟窿裡養過小豬，樹根只有大半片支撐著高大身軀，逢春盛開的綠葉隨風招搖，不能不驚歎它堅強的生命力。而「江苴古鎮」老宅裡的「抗日縣政府」有誰知道，曾被據守騰衝日軍掃蕩過數次，張問德縣長幾次率部翻越高黎貢山再返回，號召民眾積極抗日，當年他已高齡六十有二了！

最後一天，我們趕赴「陸軍講武堂」與「西南聯大」一文一武古蹟，讓團員們對行程結束前的安排沒有遺憾。雲南講武堂原是清朝一九〇九年為編練新軍而設的軍校，一九三五年改名為「中央陸軍官校第五分校」。現在已作為博物館用途，展覽滇省歷史文物，它也與奉天講武堂、天津講武堂齊名。

雲南值得驕傲的是，為保存國家菁英，北大、清華、南開三所名校，在昆明成立了「西南聯大」，師生因抗戰南渡昆明與蒙自，努力研究學問並卓有成績，再因勝利得以北歸京津，這一段歷史被岳南寫出「南渡北歸」三冊巨著，其堅苦卓絕精神與斐然成就被紀錄下來，此行親自到訪，緬懷舊址景仰大師，感到十分滿足。

迄今為止，此地火車仍未全線通行，因與他省交流受限，外地文化較少衝擊到此，保留了百年來馬幫、抗戰、僑鄉、「南劉北鄧」、「東董西董」明清發達商貿古建築群，及少數民族異於他地的文化；這裡更沒有工廠、礦場或工業污染，放眼望去就是高山流水，木造村寨及按時令種植的菸草、稻麥與油菜，身處其中讓人心曠神怡，連空氣都清新香甜。

這裡人民收入不高，但都保持單純的生活與幸福感，不能不說是一處讓人羨慕的世外桃源。我們一行不辭路遠，來到去返都需搭兩趟飛機的邊城，其實就是與歷史、地理、文化、民俗結合的一趟極邊之行，心靈與感受收穫都是難以估算的。

極邊采風

騰衝「諭蘭庄園」
結實纍纍老桑葚樹

作者向「諭蘭庄園」鄧老闆父親敬酒

作者與騰衝市團田鄉帕允村
壽星合影

作者翻山越嶺到帕允村傣族村寨作客

騰衝市界頭鎮新庄村趙明剛支書自製簑衣

趙支書在其山房烹煮「雷響茶」饗客

曲石鎮江苴鎮「抗日縣政府」
辦公室

新庄村核桃林社村
民頭戴寬笠帽放羊

騰衝汽車站對面的庶民飲食味美大碗

滇西村寨「流水宴」席開三天

北海鄉打苴村集市烤蕎粑粑的婦女

騰衝地區早餐常見的稀豆粉配油條

北海鄉打苴村集市婦女以桿秤稱物

打苴村集市上稀豆粉
烤蕎粑粑攤子

龍陵縣松山戰場周主任作現場解說

龍窩田秘境女兒用鍋鏟取出洞裡雞蛋

龍窩田秘境水域寬闊鴨隻放養方便

滇西清明掃墓庄園準備
土鍋子宴客

松山戰役周杉杉主任講解
生還老兵故事

松山戰役戰場「中國遠征軍」石碑

騰衝「中國地理人口分界線主題公園」

騰衝瑷琿公園「胡煥庸線」創始人浮雕

騰衝「興隆食館」散發著舊時代味道

蔣慶芳老師食館火
盆旁解說墨寶內容

滇西高黎貢山早年村寨所編
草鞋樣式

騰衝市區國殤墓園「忠烈祠」全景

騰衝市區「滇西抗戰紀念館」大門

騰衝「瑪御谷溫泉小鎮」
草人造型

「瑪御谷溫泉小鎮」
園丁整理荷花池

界頭鎮往騰衝市公交車
司機清洗車廂

界頭鎮沙壩村回民餐館
老闆娘與兒女

雲南德宏州芒市
「潑水節」主場
地建築

芒市街上特產行盛裝少女大方接受拍照

芒市潑水節男女青年熱情的相互潑水

芒市小學生著民族服裝
參與潑水節活動

界頭鎮新庄村趙支書夫人山房留影

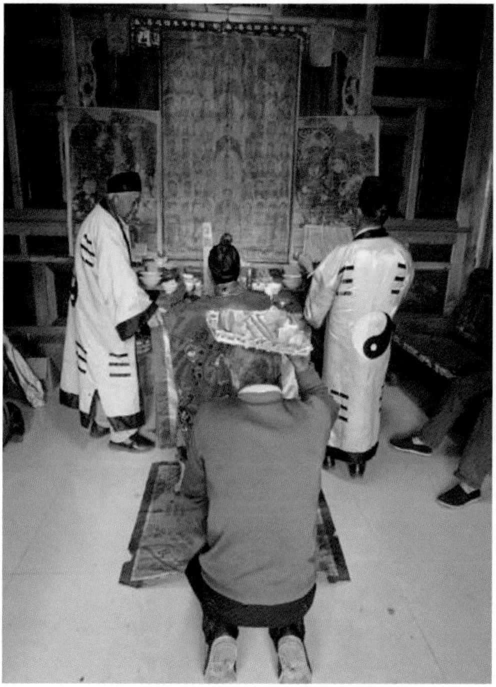

滇西村寨的「做迷信」
祈消災解厄保平安

台灣旅行團受邀至貢山村民家做客後合影

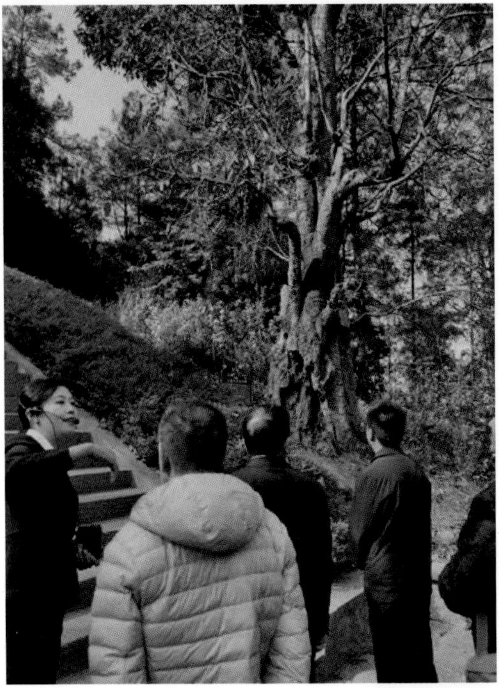

松山戰場周杉杉主任
說明倖存樹中的一棵

高黎貢山造紙博物館位於
界頭新庄村龍上寨

「結香人家 古法造紙」
老闆娘示範抄紙

春天萬畝油菜花田與村寨構成和諧景象

滇西傣族流行的「撒撇」小吃味道特別

騰衝新庄村核桃林社
活潑可愛的小女孩

沙壩村四月舉辦「花海節及展銷會」活動

高黎貢山油菜花田與休憩亭構成美麗畫面

龍陵縣「日軍慰安婦制度
罪行展覽館」

董家溝 28 號「日軍慰安所」留下犯罪證據

騰衝「高黎貢文化創意產業園區
皮影戲館

「劉永周大皮影戲館」演出傳統劇碼歷久不衰

騰衝綺羅古鎮內的「馬幫大院」土牆與塑像

馬幫大院內保留一條「茶馬古道」傳統街道

「走夷方下南洋走西口闖關東」
精神一脈相承

馬幫大院「老茶館」師傅現煮本地茶饗客

雲南紅河州開遠市「鳳凰樓博物館」前留影

開遠市收藏家保留一塊早期「滇越鐵路」牌

雲南十八怪中的一怪
「雞蛋用草串著賣」

村寨人用廢木幹掏空做成蜂巢實用又環保

高黎貢山界頭集市上老人販賣竹編寬帽笠

農村老人閒暇自編揹簍竹笠在集市上販賣

高黎貢山早年農民自
製油燈解決照明問題

本書末二篇「雨中即景」
描述的餐館

「清明節」隨家人掃墓的新庄村孩童

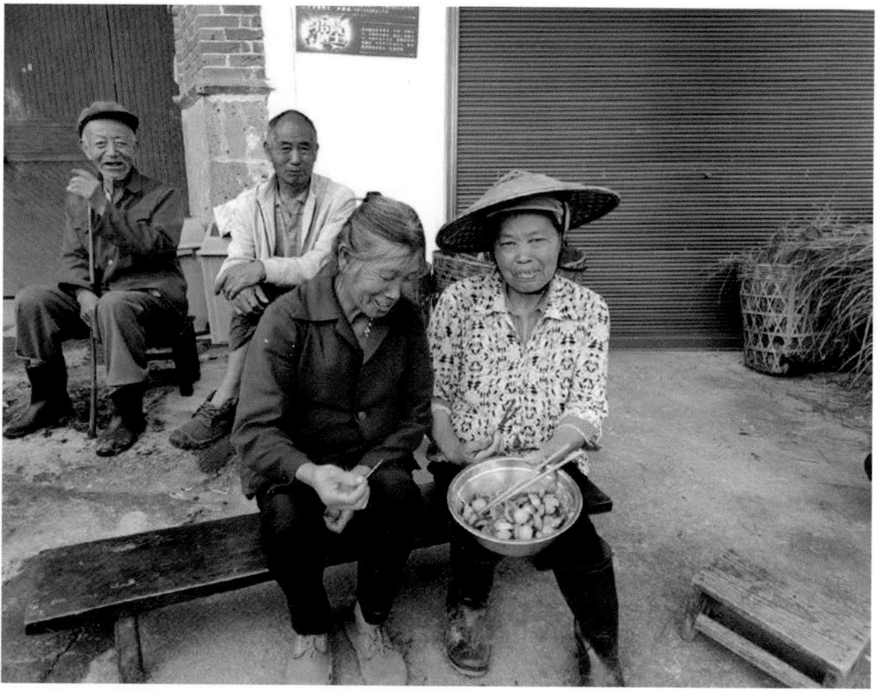

核桃林社老人閒坐聊天吃「酸辣李子」

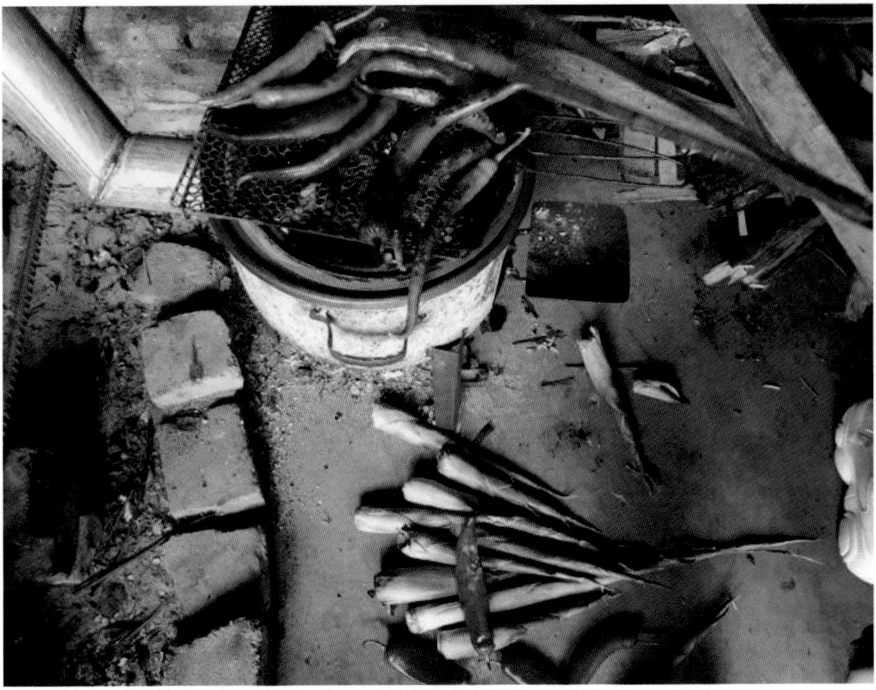

滇西村寨各戶火上烤辣椒搗碎製成沾料

蜂巢經熬煮過濾後
製成蜂蠟用途廣泛

騰衝集市上米涼粉熱炒涼拌皆受歡迎

松花粉及紅豆做成松花糕
是騰衝特色小吃

高黎貢山的酒釀是家常食品被稱為「白酒」

騰衝土鍋子被稱「火山熱海」色香味俱全

騰衝市文星樓前馬幫塑
像領頭者稱「馬鍋頭」

綺羅古鎮木造小舖歷經歲月仍矗立在路旁

端陽花市在騰衝硯湖公園展售瓷器紅木盆景等

作者騎馬上騰衝「國家地質公園」參觀火山口

北海鄉打苴村趕馬人到
集市為客人馱載貨物

北海鄉打苴村「橫寨」中醫為客人把脈看診

序的作者黃大國先生
多才多藝

「諭蘭庄園」鄧老闆在庄園宴請台灣同胞

界頭鎮百果村「千年銀杏」
昂然矗立路旁

騰衝李老闆在「騰知味」宴請台胞後合影